講談社文庫

昨日、若者たちは

吉田修一

講談社

目次

香港林檎

行列の様子がどこかおかしい。みんながきちんと前を向いているわけではないから、横顔もあれば、後頭部もあるし、連れとの話に夢中になって、完全にこちらへ顔を向けている者もいる。おまけに香港一の観光名所だから、並んでいる人種はさまざまで、目の色だけをとっても、黒、青、ブラウン、緑と、統一感がないぶん、華やかに見える。

大人もいれば、子供もいる。グループもいれば、カップルもいるし、中には一人で並んでいる者もいる。プラットホームへ伸びる行列。何の変哲もない行列。なのに、やはり何かがおかしい。

「あの、これ、どれくらい待つ？」

行列の整理に来た若い女性係員に声をかけた。制服なのか、真新しいオレンジ色のポロシャツが、少し灼《や》けた素肌に似合っている。

「十五分くらいです」

やけに生真面目な答え方で、その数字がとても正確なものに思える。

「じゃ、次のトラムに乗れるってこと？」

立ち去ろうとした彼女に、また声をかけた。

「十五分くらいです」

同じ答えが返ってくる。途端に一度目の正確さは消え、いつどこで誰に聞かれても、そう答えているのではないかと思えてくる。

ビクトリアピークの頂上から、二両編成のトラムが下りてきたのはそのときで、まだゲートも開いていないのに、先走った行列が前へ進もうとする。行列全体が蛇のように蠕動《ぜんどう》し、縮み、伸び、また縮んで、全体が少しだけ前へ移動する。その瞬間、行列の中で一人だけ動かぬ男が目についた。男は渓流に刺された杭のように立っている。蠕動する行列が、彼を避けて流れていく。

男の顔色は悪くない。唇も赤々として、微笑みさえ浮かべている。

完全に停車したトラムのドアが開き、大勢の乗客が反対側のホームに吐き出される。また行列が蠕動し、少しだけ前へ進む。だが、やはり男が動かない。その瞬間、血の気が引いた。「あっ」と、思わず声が漏れた。前に立つイギリス人のカップルが、ちらっとこちらを振り返る。

行列の中で動かずにいた男は成龍《シエンロン》だった。正確にいえば、成龍の蠟《ろう》人形だったのだ。行列がまた動く。まるで蛇のからだが千切れるように、今度は大きく動いていく。

その蠟人形が精巧すぎて、血の気が引いたわけではなかった。動かぬ男が蠟人形だと分かった瞬間、何かがすっと身体の中を通り抜けた。その感触が、これまで味わったことのないものだった。動けないという感覚というか、動けずにいる時間の流れのようなもの。そんな感覚が一瞬、身体を通り抜けたのだ。

また行列が大きく動く。成龍が近づいてくる。

「これ、誰だっけ？　映画俳優よね？」

「ほら、あれ、なんて言ったっけ……、クリス・タッカーが出てた映画で……」

「RUSH HOUR?」

「そうそう。それで共演してた俳優だよ、たしか」

前のイギリス人カップルが、そんな会話を交わしながら、成龍の頰をべたべたと撫《な》でている。自分が撫でているわけでもないのに、蠟人形の冷たい感触が手のひらに伝わってくる。

プラットホームへ入るゲートが閉まって、少しずつ進んでいた行列の動きが止まる。千切れるように伸びていた蛇のからだが収縮し、周囲でため息や舌打ちが聞こえる。

大勢の乗客を詰め込んだトラムが、金属音を立てて、レールを上り始める。ギリギリと山肌を締めつけるような鋼鉄製のワイヤーの軋《きし》みを感じる。

トラムを見送ったイギリス人カップルの男が、バッグからデジタルカメラを取り出して、「すいません、写真撮ってもらえますか？」と声をかけてくる。

カメラを受け取って構えると、二人は両側から成龍の肩を抱き、何が嬉しいのか、白い歯を見せてにっこりと笑う。女の肩口にオレンジ色のそばかすが目立つ。男の伸びた口ひげが、口の中に入り込んでいるように見える。

「1、2、3」

シャッターを押すと、青白いストロボが瞬き、三人の顔を照らす。青白い光が反射した瞬間、三人のうち、成龍だけが生きていないことが分かる。三人とも健康的な顔色なのに、ストロボがその真と偽を見分けてしまう。

カメラを男に返すと、「上に、蠟人形館があるのね」と女が訊《き》いてくる。

二人の表情に変化はあるが、中心に立つ成龍の顔だけが動かない。比べてみると、人間の表情というのがいかに激しく動いているかが分かる。

ふと沈黙が流れて、「上で、知り合いが待ってるんです」と、唐突に二人に告げた。訊かれたわけではなかったが、観光名所の行列に一人で並んでいる自分を紹介するのに、一番てっとり早いような気がした。

実際にはビクトリアピークで待っている知り合いなどいなかったが、言葉というのは不思議なもので、そう言ってしまえば、本当に誰かが待っているような気がしてくる。

午後の練習が早目に切り上げられ、ふと思い立ってここへ来た。ビクトリアピークからの景色を眺めたかったわけではなくて、久しぶりに急な傾斜を引き上げられるトラムの感触を味わいたかった。

さっきの係員が戻ってきたので、「次のに、乗れる？」と声をかけた。一瞬、また「十五分くらいです」と、答えられるのではないかと思ったが、彼女はちらっと前方を見やり、「はい」と短く答えて立ち去った。

イギリス人のカップルは、帰国便のチケットの話を始めていた。ヒースロー空港には何時ごろ着くとか、時差は何時間くらいあるとか。男の手が、女の薄い肩に置かれ、その指が正確にそばかすを数えているように動く。

次のトラムが下りてくるまで、行列を眺めていた。一秒たりとも全体が静止することがない。誰かの口が動き、誰かの手が揺れ、誰かの踵《かかと》が床を蹴る。その中で、蠟で作られた成龍だけが動かない。

やっとトラムが下りてきて、行列が動き出す。イギリス人カップルのあとを追ってゲートを抜け、押し合うようにしてトラムに乗り込む。席はすでにほとんどが埋まっている。急な傾斜に停まっているので、坂を上るように通路を進み、運良く一席だけ空いていた席を見つけて腰を下ろす。下ろしたとたん、後ろへひっくり返りそうになる。自分の全体重が尻ではなく、背中にかかる。いつの間に乗り込んだのか、イギリス人カップルは窓際の席を確保している。ドアが閉まり、ゆっくりとトラムが動き出す。子供のころに何度も乗ったことがあるはずなのに、予想以上に傾斜が激しい。まるでトラムごと垂直に引っ張り上げられているように感じる。トラムを引き上げる鋼鉄製のワイヤーのギリギリと軋む音が、座り心地の悪い椅子の下から伝わってくる。

練習場の便所の窓からは、サイクリングを楽しむ若者たちの姿が見えた。明るい日が差す屋外を眺めていたせいか、ふと手元へ視線を戻すと、便器の黄ばみがやけに目立つ。

背後で足音がしたので振り返ると、すでにぐっしょりと汗をかいた阿志《アージー》が駆け込んできて、「おう、偉良《ワイリャン》、もう来てたのかよ。今日、車で来たから、言ってくれれば乗せてきたのに……」と早口で捲《まく》し立てながら、横の便器で小便をする。よほど我慢していたのか、勢いはいいようで、早口だった口調が徐々に緩慢になってくる。

「なんでそんなに汗かいてんだよ」

便器を離れながら尋ねた。汗のかきかたが尋常ではなかった。

「車のエアコンの調子悪くてさ。ありゃ、もう駄目だな」

蛇口を捻《ひね》って手を洗うと、ひんやりとした水が心地よかった。濡れた手で、鏡に映る自分の顔に触れた。触れたとたん、風もないのに、すっと汗が引く。

「最近さ、小便のキレが悪いんだよな〜」

鏡に阿志の背中が映っている。

「……お前、そんなことない？」

「そんなことって？」

濡れた手をTシャツで拭くと、湿った部分が腹にはりつく。

「だから、小便のキレ。……なんか、こう、残尿感っていうか、そういうのがあってさ。お前、そんなことない？」

阿志が大げさに腰を揺らす。

「……親父に訊いたら、『お前も年とったな』って言われたよ。親父の話じゃ、年とると小便しても、すかっとしなくなるらしいよ」

横に並んだ阿志が鏡の中で話しかけてくる。阿志のTシャツから、半乾きのツンとする臭いが漂ってくる。

「親父さん、元気か？」

「親父？　元気だよ。なんで？」

「いや、最近会ってないからさ」

「ああ、そういえば、親父も言ってたよ。最近、偉良はどうしてるって？　またメシ食いに来るように伝えろって」

上環《ションワン》で果物屋を営む阿志父子の自宅は店舗の裏にあって、緩やかな波のような階段の途中から奥へ入っていく。店先に並んだ果実は、その場でジュースにして売っているので、自宅へと続く路地には色とりどりの果実の皮を捨てるゴミ箱が並んでいる。

ここ最近は、ほとんど訪ねていないが、まだ大学に通っていたころや、今の会社に就職したばかりのころは、よく遊びに行っていた。日の差さない暗い家で、父一人息子一人の男所帯だったが、親父さんがきれい好きで、床のタイルはいつもピカピカで汚れた靴で上がり込むのが申し訳ないほどだった。

玄関を入ると、すぐに食卓があり、横に使い込まれた台所があった。居間の奥が二人の寝室で、シングルベッドを二つ置くと、あとはドアの開け閉めにも困るほどだった。一時期、阿志はこのベッドの間にカーテンを引いて、自分の空間を作ろうとしたらしいが、薄いカーテンを一枚引いたところで、親父さんの鼾《いびき》や干渉が消えてなくなることはなかったらしい。

遊びに行くと、必ず親父さんが食事を作ってくれた。魚の蒸し料理が得意で、出来上がるのを待っていると、湯気で狭い家全体が蒸されているようだった。

あれは大学に入ったばかりのころだったか、阿志と画策し、こちらの母親と、阿志の親父さんをくっつけようとしたことがある。互いの親がくっついて一緒に暮らせば、空いた部屋を二人で自由気ままに使えると考えたのだ。

何度かおふくろを阿志の家へ連れて行き、四人で食事した。息子たちの気持ちを知ってか知らずか、二人でデートしたこともあったらしい。お互いに伴侶を亡くした者同士、話の種ならいくらでもあったのだろう。ただ、二人の間で何があったのか知らないが、とつぜん二人は会わなくなった。阿志の家に行こうとおふくろを誘っても、何かと理由をつけて断るようになり、仕方なく一人で行っても、阿志の親父さんからおふくろのことを訊かれることがなくなったのだ。

二人の間で何があったのか、阿志と一緒に探ってみたが、二人の口はかたく、結局、真相は摑《つか》めなかった。

便所を出て、廊下を進むと、開け放たれた窓の向こうに川が見える。日を浴びた川はきらきらと輝いて、穏やかな川面をすでに練習艇が数艘進んでいく。

阿志と並んで、川岸のデッキへと階段を下りた。ついさっきまで灣仔《ワンチャイ》のオフィス群の中にいたせいか、眼前に広がる川の景色がどこまでも伸びていくような解放感を与えてくれる。

倉庫のほうへ向かおうとした阿志がふと足を止め、「あ、そうだ。黙ってても仕方ないから言うけどさ、うちの親父、あんまり元気じゃないんだ」と、唐突に言う。

「え？」

「いや、だから、さっき便所で訊かれたろ。親父は元気かって」

「あ、ああ」

「まぁ、元気は元気なんだけど、来週、ちょっと検査すんだよ」

「検査？　どっか悪いのか？」

「心臓」

阿志が自分の心臓の辺りを叩いて見せる。

返す言葉が見つからずにいると、「いや、すぐにどうこうってわけじゃないらしいんだけどな。ほら、これまでずっと元気だったもんだから、本人がさ、ちょっと落ち込んでて……」と声を落とす。

阿志はこちらの言葉を待たずに倉庫のほうへ歩き出した。その背中に、「今夜、ちょっと顔出そうかな」と声をかけた。

阿志は振り向きもせず、「分かった」と頷《うなず》いて、肩を落としたまま歩いていった。

そんな彼を支えるように、足元の濃い影がついていく。

背後からオールの軋む音と、波音が立った。振り返ると、最近、このクラブで練習するようになった私立高校の女子生徒たちのボートが、ゆっくりとデッキに近づいてくる。長いボートに、日に灼けて赤くなった鼻が並んでいる。それほど長い距離を漕いだわけでもないのか、女子生徒たちの顔にはまだ余裕があって、その笑い声が川面を対岸へ渡っていく。

「もう上がり？」

デッキに横付けされたボートに声をかけると、オールを操りながら、「はい」と数人が同時に答える。

しゃがみ込んでボートを押さえてやった。しゃがみ込んだだけなのに、一気に川面が近くなる。横付けされたボートの向こうに、どこまでも、どこまでも川が伸びている。

六十階建ての高層マンションが五棟、中庭を囲むように建っている。決して狭い中庭ではないのだが、周囲に威圧された空間は、ここへ引っ越してきて以来、日を追うごとに狭くなっているような感じがする。

中庭は中心から放射状に通路が伸び、各棟のエントランスへ繋がる回廊がある。上から見下ろすと、子供が描いた太陽のように見える。

すでに日も落ちたせいか、三千を越える住戸から夕涼みに下りてきた人たちで、回廊のベンチは満席で、一服している老人もいれば、屋台で買ってきた腸粉を食べる者、スターバックスのコーヒー片手に語り合う若いカップルもおり、幼い子供たちがそんなベンチの周りを駆け回っている。

自宅のあるB棟へ向かっていると、タクシー運転手をしているおじさんに声をかけられた。名前は覚えていないが、よくこの中庭で見かけていて、一度、偶然彼のタクシーに乗り合わせたこともある。

彼は五十代半ばで、首の筋が浮き出るほど痩せている。妻と娘が二人いるのだが、この女たちが丸々と太っていて、あるとき、やはりこの中庭で、「お前が何食っても、栄養は全部、お前の女房や娘たちに回るんだろ」と誰かにからかわれていた。旨そうに煙草を吸うおじさんの前を通り過ぎようとすると、「来年のオリンピックは近くていいな」と、また声をかけてくる。

男の横に座っていたおばさんが、こちらをじっと見つめたあと、とつぜん思い出したように、「ああ、あんた、王偉良《ウオン》じゃないの」と声を上げる。

おばさんの手にはビニール袋に入れられた肉包があり、まだ熱いのか、おばさんの手が動くたびに、中から濃い湯気が立つ。

「まだ、行けるかどうか分からないですよ」

二人の前に立ち止まってそう答えると、こちらの視線に気づいたおばさんが、ビニール袋から肉包を一つ取り出そうとするので、「いや、今、友達の家でごはん食べてきたばっかりだから」と断った。

「この前は予選落ちだったもんな」

代わりに肉包を受け取ったおじさんが、一口食べてから残念そうに言う。

「私も、テレビ見てたけど、ぜんぜん映らないんだもん」

「映ったって、ボートレースのルールなんて知らないだろうよ」

「いや、知らないけどさ。ここの住人がオリンピックに出てるなんて聞いたら、応援しようと思うじゃない。がんばって、朝方まで起きてたのよ」

「あ、そうそう。この前はたしか……、あれ、どこだっけ？」

おじさんが救いを求めてくるので、「アテネ」と教えた。

「そうそう。アテネだよ。ギリシャだろ？」

「そういえば、うちの従姉の娘が、今度結婚するんだけど、新婚旅行はギリシャだか、トルコだかって言ってたわ」

「ほう、豪勢だな」

「旦那のほうが、コンピューターの会社やってる人で、儲かってるらしいのよ」

二人の会話が逸れ始めたので、黙礼して歩き出した。エントランスへ向かっていると、「もし、今度のオリンピックでメダルでもとったら、うまい焼鵜おごってやるよ」という声が聞こえ、「あら、安く上げるわね」と笑うおばさんの声が続いた。

エントランスに入ると、顔見知りの警備員が、「あれ、今、お母さん、上がってったよ。一緒じゃなかったの？」と聞いてくる。

「いえ」と短く答えて、エレベーターホールへ向かう。ホールには三人ほど待っている住人がいたが、初めて見る顔ばかりで互いに挨拶もない。

五年ほど前、この公団住宅に母と二人で越してきた。ずっと暮らしていたのも公団で家賃はここよりも安かったのだが、せっかく当たったのだからと、母は迷わず決断した。

大学のころは、そのほとんどを沙田《シャーティン》の練習場近くにあるボート部の寮で暮らしていた。三人部屋で、決して快適な寮ではなかったが、思春期に両親と狭い部屋で暮らすよりは、同年代の仲間とわいわいやっていたほうがいいと思う者も多かった。実際、川沿いに建つ寮にいると、いわゆる香港という混雑した街から、自分たちだけが解放されているようだった。そこには、渋滞した道路も、折り重なるような看板も、ふらふらと歩く観光客も、そしてエアコンの排気で上昇する熱気もなく、川面を渡ってくる遠い場所からの風だけを感じていられた。

大学を卒業し、今の会社にボート選手という特別枠で就職すると、さすがに寮に残るわけにはいかなかった。

当初は自分で部屋を借りることも考えたのだが、会社のある灣仔と、練習場のある沙田の両方に便利な場所はどこも高く、結局、母と二人の暮らしに戻るほかなかった。

エレベーターがやっと下りてくる。順番に乗り込むと、それぞれがそれぞれの指で階を押す。六階が一人、十五階が一人、そして残る二人が三十階。この建物にはエレベーターが三台ついているが、どれもが三十階までしか上らない。それ以上の階に住むものは、そこで六十階まで続くもう一つのエレベーターに乗り換えなければならない。

扉が閉まり、グンと足元から振動がくる。もしも膝に力を入れていないと、垂直に引き上げられるエレベーターの中で、膝がガクッと折れてしまうのではないかと思う。

上昇を始めたエレベーターの中では、誰も口を開かない。もしもこのエレベーターが透明で、床下が見え、周囲が見渡せたとすれば、まるで風に舞い上がる風船のような気分になるに違いない。

六階でいったん停まり、若い女が降りていく。扉はすぐに閉まり、また加速して十五階まで上昇する。前に立つ若い男がコンビニのビニール袋を提げている。何が入っているのか知らないが、上昇するエレベーターの中で、そのビニール袋が徐々に重くなっていくように見える。男の指にビニール袋が食い込んでいく。物体は、下へ、下へ、落ちようとする。男の指が千切れるのが先か、それとも、ビニール袋が破れ、中身が床に散乱するのが先か。

三十階でエレベーターを乗り換えて、五十一階で降りる。左右に廊下が伸びており、廊下には窓が並んでいるが、そこに香港の夜景が広がっているわけではなく、そこにはまったく同じ作りのC棟の壁が立ち塞がっている。

鍵を開けようとすると、ドアの近くに立っていたのか、内側から母が開けてくれた。

「あら、もう帰ってきたの？　阿志の家で食事してくるんじゃなかったの？」

「もう食べてきたよ」

室内に入って靴を脱ぐ。新築のこの公団へ、引っ越してきてからの新しい習慣だ。台所から出てきた蘭芝《ランジー》の手に包丁がある。珍しく何か作っていたらしい。

「よかった〜。お義母さんと二人分しか作ってないのよ」

蘭芝はそう言って、すぐに料理に戻った。すぐそこの台所から、甘酸っぱい煮物の匂いが漂ってくる。匂いは狭い居間を抜け、小さな窓から五十一階の空へ流れ出ていく。

蘭芝と母が食べた夕食の匂いが、いつまで経っても消えてくれない。２ＬＤＫという狭さが匂いを残すのか、それとも風のない香港の夜のせいか。

シャワーを浴びて、寝室に入ろうとすると、居間の反対側にある母の寝室のドアが開いて、「偉良、ちょっと」と母に呼ばれた。

一瞬、面倒臭く思ったが、ここで無視すると、またしばらく機嫌が悪くなる。

「何?」

「いいから、ちょっと」

手招きする母に舌打ちした。

セミダブルのベッドが置かれた部屋は、それだけで一杯になるほど狭い。形が気に入ったと、母が脚の長いベッドを買うものだから、こうやって狭い部屋に無理やり入れて白いシーツをかけると、まるで雲が浮かんでいるように見える。

「何?」

寝室に入らず、ドアの隙間から顔だけ突っ込んでいたのだが、ベッドに腰かけた母が無理やり引き入れ、ドアを閉めてしまう。パジャマを着た母は、いつもよりもその身体が縮んで見える。

「今日、麗花《ライファ》おばさんと一緒だったのよ」

母はドアを閉めると、またベッドに腰かけて話を始める。

「元気だった？」

「誰が？」

「だから、麗花おばさん」

「ああ、麗花は元気よ。そうじゃなくて、そういう話じゃなくて、おばさんがね、また見たんですって……」

母がちらっとドアのほうを窺《うかが》う。一瞬、何のことだか分からずに訊き返そうとしたのだが、ふとひと月ほど前のことを思い出し、やめた。

「……蘭芝が、また男の人と一緒だったってよ」

母の部屋には、窓際にも、ベッドサイドにも、タンスの上にも、所狭しといろんな観光地で買ってきた訳の分からない小さな置物が並んでいる。パンダの置物があれば、安い水晶があり、香炉に、扇子、とにかく統一感なく並べられている。

「麗花の話じゃ、中環《チュンワン》のレストランで仲良さそうに二人で食事してたって」

「だから、前にも言ったろ。仕事帰りに同僚と食事することぐらいあるよ。レストランで食事してたくらいで騒ぎ過ぎだって」

早く話を切り上げようと、なるべく冷たく言い放った。

「そりゃ、そうかもしれないけど……。お母さんだって、心配して言ってるんですからね。何度も言うようだけど、あんたたちが中途半端に一緒に暮らしてないで、ちゃんと結婚さえしてくれれば、何の心配もなくなるんだから」

話の途中で部屋を出た。母が本心で蘭芝との結婚を望んでいるとは思えない。かといって、このままズルズルとここで同棲されるのも嫌なのだ。

もう少し稼ぎがよければ、蘭芝と二人でアパートを借りられる。近くにいて欲しいと母が言えば、この公団の新規募集に応募してもいい。だが、実際問題、今の給料ではもう一軒アパートを借りる余裕はない。いや、今は大丈夫かもしれないが、ボート部所属ということで、どうにか首が繋がっている今の立場を考えれば、決してもう若くもない自分が、いつまで漕いでいられるか分からない。もちろん、いつかは漕げなくなる日がくる。それは分かっている。漕げなくなれば、ボート部の先輩たちと同じように普通の社員になればいい。ただ、働ける部署は限られてくる。その上、貰える給料だって減ってくる。

居間を横切り、自分たちの寝室へ入ると、ベッドに寝転がって雑誌を読んでいた蘭芝が、「お義母さん、なんだって?」と訊いてくる。

「別に」と答えて、デスクに向かった。母の寝室と同じように、セミダブルのベッドを置いた部屋には、ほとんど歩く場所がない。

もう少ししつこく訊いてくるかと思ったが、蘭芝はそれ以上何も言わず、また雑誌を読み出した。

窓を開け、パソコンを立ち上げた。こちらの窓からは隣接するビルの向こうに、街の夜景が見下ろせる。

窓から顔を突き出して深呼吸した。珍しく潮の香りがする。

立ち上がったパソコンでメール着信の音が鳴り、椅子に座って確認しようとすると、ベッドの上で雑誌を投げ出した蘭芝が、電気を消してしまう。大量の広告メールの中に、見慣れぬ差出人の名前がある。顔を近づけて確かめてみると、何度も親善試合や国際大会で顔を合わせている日本人選手からだった。

「あ、高杉さんからメール来てるよ」

声をかけると、乱暴に枕を叩いて寝返りを打った蘭芝が、「高杉さんって誰だっけ？」と訊いてくる。

「ほら、日本チームの……、この前、親善試合で香港にきたとき、蘭芝も一緒に食事したろ」

「ああ、あの中のどの人？」

「どの人って……、ほら、一番、年食ってた」

「ああ、偉良と生年月日がまったく同じだった人だ」

メールを開くと、【来週末、香港に三泊四日で遊びに行く。もし時間があったら、食事でもしよう。実は最近結婚した。今度は妻と一緒に行く予定】という短い英文が書いてあり、こちらとのコミュニケーションを心配したのか、最後に、【妻は英語が話せる】という文がついている。

「来週末、高杉さんが奥さんと香港に来るって」

蘭芝がまた寝返りを打つ。波打った毛布がパソコンに向かうこちらの背中を撫でる。パソコンの明かりだけが、ぼんやりと室内を照らしている。

「あの人、奥さんいたんだ？」

「最近、結婚したって書いてある。奥さんと二人で来るって」

ベッドがひどく軋む。振り返ると、蘭芝が毛布の中でトレーナーを脱いでいる。すでに十二時を回っている。

高杉に返信メールを打とうかと思ったが、なんとなく面倒になり、明日打てばいいかとパソコンを閉じた。パソコンを閉じると、部屋には窓の外からの明かりだけが差し込む。すでにトレーナーを脱ぎ捨てた蘭芝が、毛布の中で身体を丸めている。

ベッドサイドに立ち、毛布を剝いだ。シーツの上で蘭芝がゆっくりと身体を伸ばす。片足をベッドに乗せようとすると、「あ、もし……、まだ寝ないんだったら、音楽つけてよ。お義母さんに聞こえるから」と蘭芝が言う。

言われるまま、枕元のリモコンを手に取って適当にボタンを押した。ラジオから古いMr.Childrenの曲が流れてくる。

改めてシーツに横たわる蘭芝を見下ろした。窓の外から差し込んでくる白い明かりが、蘭芝の白い身体と平行に、ベッドの上を伸びている。

グラスの底から、細かな泡が立ちのぼってくる。どこから現れる泡なのか、いくら眺めていても、泡は途切れることなく湧き出してくる。表面で弾けた泡が、またどこかを通って、グラスの底に戻ってくるのかもしれない。だとすれば、泡はどこをどう通って、この循環を続けているのか。

細長いグラスに注がれたこのシャンパンが、いったい一杯いくらくらいするのか分からないが、冷えたシャンパンの喉ごしはよく、口内にはいつまでも甘い香りが残る。

ギャラリー内に入り切れない客が、通りにも溢れ出している。ギャラリーと通りの境目に立っていると、奥の冷房の風と、通りの熱気がちょうど混じり合うのが分かる。

人が多くて、まだ展示された作品を見ることもできない。もちろん見たところで、アート音痴の自分に何が分かるわけでもないのだが、シャボン玉を写した写真だとか、小石をくみ合わせた置物とか、アニメ風の掛け軸とかに、驚くような値段がついているのを確かめるだけでも楽しい。

蘭桂坊《ランカイフォン》の外れにあるこのギャラリーに来るのは何度目だろうか。今夜、壁の色は真っ白だが、前は真っ赤だったような気もするし、深い緑色だったような気もする。要するに来るたびにここは壁の色が違う。展示作品に合わせて、色を変えているのか。それとも、自分の記憶があやふやなだけか。

ウェイターが近づいてきたので、残り少なくなったシャンパンを飲み干して、新しいグラスをもらった。表通りへ出ようとすると、誰かが背中を叩く。

歩きかけていたのでグラスが揺れて、指に冷えたシャンパンがかかり、思わず声を上げると、背後で聞き覚えのある笑い声がする。

「あ〜あ、こぼしちゃって」

濡れた指をふりながら振り返った。

「それ、まだ一杯目？」

立っていたのは、ドレスアップした月亮《ユウリョン》だった。結い上げた黒髪が、強い照明できらきらと輝いている。

「さっき来たところなんだ。いつになく盛況だな」

濡れた指を舐《な》めながら答えると、「いつになくって何よ。いつも盛況でしょ」と長い指先でこちらの腹をさす。

「……でも、今回はちょっと特別かもね。いつになく有名なアーティストなのよ」

「まだ奥の作品、見てないんだ。どこの人？」

「上海」

「へぇ、珍しいな。ここで大陸の人の作品やるなんて」

「オーナーが路線変更したのよ。ギャラリーも食べていかなきゃならないし。それにしても大陸の人なんて、偉良も古いねぇ」

「売れるんだ？」

「相場の二倍で売れる」

「誰が買うの？」

その辺りで、奥から華やかな女性たちが四、五人一斉に外へ出てきて、周囲がざわついた。周囲に押し出されるように通りへ出ると、中の一人が月亮を見つけて近寄ってきて、「やだ、ここにいたの。さっきから探してたのに」と声を上げる。身体の線にぴったりとフィットした濃紺のスーツで、ボタンを外した白いシャツが眩しい。

「ごめん、ちょっと煙草吸いたくて」

月亮の肩に置かれた女性の指には、重そうなエメラルドの指輪がついている。

「私たち、そろそろ行くね。今夜の便で台北に戻るのよ」

「今夜の便で？」

「そうなの。明日、午前中からちょっと用があってさ」

「そっか。このあと、久しぶりにゆっくり飲めると思ってたのに。ねぇ、今度いつ香港に来る？」

「来月、二、三日来る予定だけど、ちょっと会う時間ないかも」

二人の話を聞きながら、周囲に立つ客たちの視線が集まっているほうへ目を向けた。奥から出てきた女性たちは、それぞれに美しく、それぞれに華やかなのだが、その中でもひと際目立つ女がいる。深い紫色のドレスは、中華風にしつらえてあり、アクセサリーもつけていないその胸元が美しい。

月亮との話を終えると、女は軽くこちらにも会釈して通りへ出た。通りで待っていた女たちが、見送る男たちの視線など無視して、ゆるやかな坂道を降りていく。近所のバーで流れているジャズが、そんな女たちの姿に似合う。

「あの、紫色のドレスの女、なんか見覚えあるんだけど……」

坂道を降りていく女たちを見送りながら、隣でグラスを傾ける月亮に訊いた。

「ああ、だって、ロニーなんとかって芸名で、女優やってたもん」

「女優？」

「もう十年くらい前かな、張國榮《チョングオウィン》主演の映画でデビューして、ちょっと話題になって、そのあとフランスの映画に出たんじゃなかったかな。ただ、そのあと出て来ないな〜って思ってたら、そのフランスで台湾の男と知り合って結婚したんだって。その人の家がかなりのお金持ちらしくて、今じゃ、台北の陽明山にあるプール付きの邸宅で豪勢な暮らしよ」

坂道を降りていく女たちに、通り沿いのバーから男たちの声がかかっている。声をかけているのは、酔った欧米人で、中にはビールジョッキ片手にあとを追いかける真似をしている者もいる。

「ねぇ、このあと、場所変えて、ちょっと飲まない？」

女たちが角を曲がって姿を消すと、月亮がグラスについた口紅を指で拭いながら訊いてきた。

「ごめん、明日、朝早いんだよ」

「練習?」

「そう、エルゴの測定日でさ」

「最近、タイム出てるの?」

「いや、ぜんぜん。ほんとにまずいよ。明日、またタイムが悪かったら、さすがにコーチも見限るかな」

「でも、タイムだけじゃないんでしょ? 技術とか経験とか……」

「そういうのがあって、タイムもいい若いヤツが何人いると思ってんだよ」

「次の大会でチーム外されたら……」

「外されたら、もうカムバックするのは難しいだろうな」

「次のオリンピックは?」

「無理、無理。アジア大会のメンバーでも厳しいよ」

月亮の持ったグラスの底から、泡が立ちのぼっている。泡はどこまでも立ちのぼるように見えるが、表面であっけなく姿を消す。

月亮と会ったからと言って、昔のタイムを取り戻せるわけがない。それは分かっているのだが、こうやって昔の恋人に誘われると、のこのことただ酒を飲みに来てしまう。

シャワー室に入ると、甘いシャンプーの匂いが充満していた。濡れた床を踏んで、奥の窓を開けると、湿った風が吹き込んでくる。

更衣室に戻って服を脱いだ。誰かの忘れ物か、それとも雑巾にでも使っているのか、オレンジ色のTシャツが丸められて床に置いてある。

再び、濡れた床を踏んで、窓際のシャワーを捻った。冷たい水が足元で跳ね、誰もいないシャワー室にスコールのような音が響く。しばらく、蒸れた爪先をシャワーの水に浸していると、次第に水が温かくなってくる。踵を濡らし、長時間の練習で石のように硬くなった脹《ふく》ら脛《はぎ》を濡らし、すっと身体をシャワーの下に入れる。

お湯が髪の毛の中に入り込み、熱を帯びた頭皮を流れて、顔から首へと落ちていく。熱いのがお湯なのか、自分の身体なのか分からなくなるが、長時間の練習でぐったりとした身体から、音を立てて力が抜けていく。

久しぶりに長い距離を一人で漕いだ。ここ最近、八人乗りでの練習を繰り返していたので、一人、川に浮かんで、オールを操るのは気持ちよかった。

八人乗りのボートでは、たいがい若いヤツらにペースを守らせるために真ん中辺りにつくことが多い。見えるのは、前に座ったヤツの背中と後頭部だけなので、今日のように一人で出ると、ボートがスピードに乗るにつれて、遠ざかっていく景色が眺められるし、普段は背後のヤツに遮られた風も感じられる。スピードはオールを握った手の感触と、背中に当たる風で分かる。水の抵抗がなくなったその瞬間に、自分やボートが川と一体になる。

先日、行われたエルゴの測定で、思うようなタイムは出せなかった。ただ、一緒にやった阿志のタイムが、みんなが声をかけられないほど最悪で、そのおかげと言うと阿志に悪いが、どうにかこちらのタイムはさほどコーチに悪い印象を与えなかった。

午後二時に仕事を上がった。最近ではまったく気にならなくなったが、書類や電話に向かう同僚たちに、「じゃ、そろそろ行きますので」と声をかけるのは、やはり気持ちのいいものではない。就職したばかりのころは、「いいなぁ、ボート部員は」とか、「いいなぁ、これから川にボート浮かべるんだ」などと茶化されても、そこに期待というか、羨望のようなものが混じっていたので、「代わりに練習出て下さいよ」などと、こちらも冗談で返していたのだが、最近は同僚たちも慣れてしまって、こちらが早退を申し出ても、「行ってらっしゃい」と短く返事をしてくれる者が一人、二人、いるだけだ。

何も無視されるのがさびしいわけではない。ただ、短い返事に、昔のような期待も羨望もないのが手に取るように分かるのだ。

「俺らは会社のロゴの入ったゼッケンつけて、テレビや新聞に出るから給料をもらえるわけで、練習してるだけじゃ駄目なんだよ」と、いつか阿志が呟いていた言葉を思い出す。

電車で沙田駅に着くと、同じ電車に乗っていたのか、コーチの曾建民《ツアンギンマン》さんとばったり会った。部署は違うが、同じフロアで働いていたので、ここまで会わずに来たことが不思議だった。

近づいてきたコーチが、「范俊志《ファンジュンジー》、しばらく練習休むらしいぞ」と声をかけてくる。

「阿志が？　なんで？」

「お前、知らないのか？　お父さんが、倒れたそうだぞ。なんだ、俺は、てっきりお前には連絡行っていると思ってたのに……」

ボートハウスへ向かう途中、コーチの横で阿志に電話をかけた。病院にいるのかと思っていたが、阿志は会社にいるようで、親父さんの具合を訊くと、「ああ、昨日の夕方だよ。まだ店を開けてたから、すぐに前の店の人が救急車呼んでくれて助かったよ」と言う。その言い方がやけに呑気《のんき》だったので、大したことはなかったのかと思った。

「まだ、入院してんだろ?」

「ああ、今日、仕事が終わったらいろいろ荷物持って行くよ」

「大丈夫なのか?」

「さぁ、大丈夫かって言われれば、大丈夫じゃないし。……ただ、すぐにどうこうってわけでもないらしくて」

「いいのか、仕事なんかしてて……」

「病院にいたって、看護師の邪魔になるだけで、何もやってやれないんだよ。やっぱ、こういう時は娘のほうがいいな」

とにかく今夜病院に顔を出すよ、と言って、病院の場所と名前を訊いた。阿志は最後まで、「来なくていいよ」と強がっていたが、電話を切る寸前になり、「来てくれれば、親父も喜ぶかもな」と言った。

窓から風が吹き込んでくる。熱いシャワーをずっと浴びていたせいで、練習で酷使した身体中の筋肉がやわらかくなっていく。

窓枠に置いてあるシャンプーを手のひらに出し、乱暴に髪を洗い始めると、指先で立った濃い泡がシャワーのお湯と共に、胸から腹へ、陰毛から性器を伝って落ちていく。数日前に蘭桂坊のギャラリーでグラスの底から立ちのぼっていた泡とは逆に、汗と汚れと一緒になった泡が身体の上から下へと流れていく。

父が死んだとき、まだ自分は十二歳だったのだな、とふと思う。病院のベッドに横たわった父の姿は、未だに忘れることができない。背の高い父には、病院のベッドが小さすぎた。もっと大きなベッドに替えてくれ、と近くにいた看護師や医者に、泣きながら頼んだことを覚えている。

父の身体に覆いかぶさって泣いた。父の腹に頬をつけ、何度も何度も擦《こす》りつけた。ベッドから突き出した父の足が哀しかった。ピンと立てられた足の指が、とても遠くに感じられた。まるで自分が大きな川で溺れているようだった。両岸は遠く、川はどこまでも伸びている。遥か彼方に、父の足がある。あれに掴まれば助かるのだと思うのだが、父の足はそう思えば思うほど遠ざかる。

泡だらけの頭を、シャワーの下に突き出した。一斉に白い泡が身体を流れ落ちる。背中を流れた泡が、胸から腹に落ちた泡が、尻を撫で、性器を撫で、太腿から脹ら脛へと落ちていき、だらしなく濡れた足元に広がっていく。

泡が流れ落ちるほどに、身体全体から力が抜けていく。練習で酷使した身体中の筋肉までが、泡と一緒に削《そ》がれ落ち、足元へ流れているような感じがする。まるでメッキが剥がれるように、筋肉が落ちていく。必死の思いで鍛え上げてきた筋肉が、そこにしがみつくのを諦めて、ぼとぼとと濡れた足元に落ちていく。

「アッ！」

思わず叫んで、剥がれ落ちる筋肉を掬《すく》おうとした。慌てて自分の腕で自分の身体を抱きしめ、溢れ出てきたイメージに首をふった。

熱いシャワーがとても高い空から落ちてくるように感じる。練習中に、とつぜん降り出したスコールが、広い川面を激しく叩く様子が浮かぶ。


「いいの？　私なんかと、せっかくの休日を使っちゃって」

飲み干したジュースのカップを、ゴミ箱に投げ入れようとすると、日差しに目を細めている月亮が呟いた。

濃い日陰のベンチに座っているのだが、地面に照りつける日差しが厳しく、景色全体がぼんやりと発光したように見える。

「昨日、やっと蘭芝に告白されたよ」

そう言って、投げ損ねたカップを改めてゴミ箱に投げる。「入れ」と心の中で祈ったのだが、カップはゴミ箱のふちに当たって、外へこぼれた。

「告白って？」

「新しい男ができたって」

「知ってたの？」

「いや、知らなかった」

「じゃあ、なんで『やっと』なのよ？」

「あ、そうか……。なんでだろ？　……知ってたのかな」

「何よ、それ」

ベンチを立ち、カップを拾いに行ってゴミ箱に捨てる。なぜか、まだ新しい子供用の靴が一足、中に捨ててある。

ひなたに出ると、うなじに強い日差しを感じる。まだ夏というわけでもないが、日に日にこの街が熱してくるのが分かる。

今朝、目を覚ますと、すでに蘭芝の姿はなかった。一瞬、荷物をまとめて出て行ったのかと思ったが、こっそりと荷造りできるほど寝室は広くない。試しにクローゼットを開けると、やはり彼女の服はいつものように並んでいて、中に一着、見たことのない赤いシャツがあった。

寝室を出ると、食卓で母がお粥を食べていた。「あんたも食べる?」と訊くので、「蘭芝は?」と訊き返した。

母は湯気の立つお粥をレンゲで掬い、「いないの? じゃあ、私が起きたときにはもう出かけてたんじゃない」と首を傾げ、「日曜日に仕事なのかね?」と訊いてくるので、「ルートが変わったって言ってたから、曜日も変わったのかもな」と、適当に答えてトイレに逃げた。

「ルートが変わったって、この狭い香港でどこをどう変わるのよ。……毎日、毎日やってくる観光客に、毎日、毎日、バスで案内するなんて、考えてみれば大変な仕事なんだよねえ」

ドアを閉めても、母の声は筒抜けだった。小便をしていると、ふいに「最近さ、小便のキレが悪いんだ」と言った阿志の言葉を思い出した。

午後になって、月亮に電話をかけた。映画でも見に行かないかと誘うと、少し驚いたようだったが、「今度、ハリウッドでリメイクされるらしい韓国映画がリバイバル上映されてるのよ」と話に乗ってくる。

「どんな話?」と訊くと、「出来すぎたラブストーリー」と月亮は笑った。

待ち合わせしたカフェに、月亮が三十分も遅れてきたせいで、上映時間に間に合わなかった。次の回までどこかで待とうということになり、眩しい日差しに誘われるようにこの公園へやってきた。

ベンチに戻って、月亮の隣に腰かけた。ゴミ箱の中に子供用の靴が捨ててあったことを月亮に言おうとしたが、なんとなく口が重くなってやめた。

「どんな人なの？」

唐突な月亮の質問に、一瞬、何を訊かれているのか分からなかった。

「蘭芝の新しい男」と、月亮が続ける。

「あ、ああ。……さぁ、知らないよ」

答えるのがひどく面倒でベンチに寝転がった。頭を月亮の膝にのせようとしたが、すっと月亮が尻を移動させる。

真横に椰子が立っていた。さほど高い椰子ではなかったが、こうやってベンチに寝転んでみると、やけに高く感じられる。椰子の向こうに金色のビルが見えるのだが、ビルよりも椰子のほうが高い。

「イメージってないの？」

そう言って、月亮が鼻をつまもうとする。

「イメージって？　何のイメージ？」

「だから、蘭芝の……」

「ないよ」

「ちょっと考えてみなさいよ。何か浮かんでこない？」

広場のほうで何か始まったらしい。ゆったりとした胡弓の音が流れてくる。目を閉じると、目の裏に椰子の残像があった。残像なのに、葉が大きく風に揺れている。

まだ蘭芝と付き合い始めたばかりのころ、一度だけ彼女がガイドする観光バスに乗ったことがある。ほとんどが韓国からの観光客で、彼女のガイドを理解しているのかいないのか、それでも熱心に話を聞いていた。

「バスの運転手かな……」

ふとそんな言葉がこぼれた。

「え？　何が？」

「だから、イメージだよ、蘭芝の……」

目を開けると、一気に白い光が飛び込んでくる。見えているのは、公園の景色なのに、赤い制服をきた蘭芝が、制帽をかぶった運転手と親しげに話している姿が浮かぶ。バスが停まって、客たちがぞろぞろと降りていく。どこへ向かうのか、みんな楽しそうな顔をして。

集合時間を伝えながら、客たちを見送った蘭芝は、再びバスに乗り込む。制帽をとった運転手が、大きく背伸びしながら蘭芝を迎える。運転手は自分の仕事を嘆く。毎日、毎日同じ道を走っている自分の人生を嘆く。

バスの座席には誰もいない。観光客たちが残していったおみやげの袋だけが、足元や棚に残っている。

「そうならいいなと、思ってるんでしょ？」

とつぜん月亮にそう言われ、「え？」と身体を起こした。どこの国からやってきたのか、ベールを巻いた女たちが芝生にシートを広げ、旨そうな菓子を食べている。

「だから、バスの運転手ならいいと思ってるんでしょ？」

「……どういう意味だよ」

「別に。ただ、ちょっとそう思っただけ」

聞こえていた胡弓の音がやみ、また公園全体が街の騒音に包まれる。

「なぁ、俺たち、よりを戻せないかな」

目を合わさずに訊いてみた。いくら待っても返事がない。窺うように横を見ると、真っすぐに月亮がこちらを見ていた。もう一度、口を開こうとした。その瞬間、申し訳なさそうに、月亮が首を横にふる。

椰子の木が、高い空でゆっくりと葉を揺らしている。

川から上げたボートを水洗いしていると、足元に誰かの影が近寄ってきた。ちょうど夕日が川へ差し込んでいて、影は足元を伸び、そのまま川に落ちそうになる。

「おい！」

声をかけられ、振り返ると、そこにコーチの曾さんが立っている。

「もう上がりか？」

近づいてきたコーチの影が完全に川に落ち、落ちた影が波に揺られて溺れているように見える。

「ちょっと、話あるんだけどな」

コーチの足元に水が跳ねないように、指でホースの先を押さえた。水圧が増し、逆にボートの表面に跳ねた水が自分の胸元を濡らす。

「なんですか？」

「うん、ちょっとな」

ホースを地面に置いて、動かないように軽く踏みつけた。「水を止めてくれ」と倉庫のほうに合図を送ろうかと思ったが、あいにく蛇口の近くには誰も立っていない。

「これが終わったら、ちょっとコーチ室まで来てくれないか？」

「はい。じゃあ、終わらせて、すぐ」

立ち去ろうとしたコーチが、ふと足を止め、「范俊志の親父さん、具合はどうなんだ？」と訊いてくる。一瞬、どう答えていいのか分からず、口ごもった。その様子で何か感じたのだろう、コーチは、「まぁ、本人に訊いたほうが早いな」と言い残して歩いていった。

あれから何度か、親父さんの見舞いには行っている。正直なところ、病室のベッドで寝ている親父さんは、多少やつれてはいるが、すぐにどうこうという状況には思えない。買っていった果物もうまそうに食べるし、同室の人たちと競馬予想をしている姿は、以前より笑顔が増えたようにも見える。が、阿志の話では、そう楽観的でもないらしい。

「医者は、安静にしておいたほうがいいって、それだけしか言わないんだよ。正直、何をどうすれば、親父が安静にしてられるのか分からなくてさ」

阿志は苛立たしげに言っていた。

「店はどうしてんだ？」

「店？　休んでる。親父一人でやってた店だからな。親父がいなきゃ、仕入れ一つできないし」

「お前さ、その、なんていうか、もし……」

病院の廊下のベンチだった。自分が何を訊こうとしているのかは分かっているのに、うまく言葉にならなかった。

中途半端な質問を、それでも阿志は理解して、「ボート辞めたら、店を継ぐ気があるかって訊きたいのか？」と逆に訊いてくる。

「……あるのか？」

「大した売り上げもないんだよ。まぁ、親父一人が食ってく分には困らない程度で……」

阿志はそこで言葉を切ると、「さぁ、そろそろ帰ろうかな。ここにいると、こっちまで具合が悪くなってくんだよ」と言ってベンチから立ち上がった。

後輩を呼んでボートを倉庫に入れた。夕日が倉庫の中へ差し込んでいる。両壁に積み上げられた幾艘ものボートが、夕日を浴びている。こうやって平行に並べられたボートの様子など、すっかり見慣れた光景なのだが、改めて見ると、ボートの持つ曲線はやはり美しいと思う。水の抵抗をなくすように設計されたこの曲線は、要するに水の流れを模倣しているわけで、水の流れを静止させるとこんな形になるのだろう。たった今、洗ってきたばかりのボートの表面に触れると、すっと指先が滑る。

倉庫を出て、コーチ室へ向かったが、足取りは重かった。

コーチは、「ちょっと話がある」と言った。その場で出来ぬ話など、絶対に良い話であるはずがない。

階段を上がっていくと、一段ごとに景色が変わる。足元に流れていた川は、下方に遠のき、逆に対岸の景色が近くなる。

三階まで上がると、バルコニーにしゃがみ込み、お菓子をつまみながら女子高のボート部員たちが雑談している。決められているわけでもないだろうが、みんな髪を短く切り、うなじが健康的に日に灼けている。

コーチ室はガラス張りで、川のほうへ突き出している。バルコニーからも中が見え、曾コーチが一人で新聞を読む姿がある。

ドアを開けると、新聞から顔を突き出したコーチが、「おっ、来たか」と机に投げ出していた脚を戻した。

「話って？」

コーチの前に立つと、眼前に川が見下ろせる。まだ数艘、練習を続けているボートがある。

「えっと、回りくどいってもあれだから、単刀直入に言うぞ」

コーチはそう言うと、広げていた新聞を四つ折りにした。

「……お前、うちのチームコーチになる気はないか？」

一瞬、自分が何を言われたのか分からなかった。ずっと別のことを言われると思っていた。最近のエルゴのタイム。年齢。大会での成績。どれを取っても、選抜チームからの落選を告げられる条件は揃っている。

「コ、コーチにですか？」

思わず、そんな声が漏れた。

「そう驚くこともないだろ？　まぁ、いつまでも現役ってわけにもいかないし……」

「す、すぐにってことですか？　次の大会にも、その次の大会のチームには……」

「そう焦るな。次の大会にも、その次の大会にも、お前が選ばれるチャンスはあるよ。ただ、俺が言ってるのは、近い将来のことだ」

もう何年も怖《おそ》れていた宣告を、たった今されたのに、なぜか、ほっとしている自分がいた。何もコーチなどになりたくて、ここまで必死にやってきたわけじゃないのに、まるで自分がコーチになるために、ここまでやってきたような気がした。唯一、残されていた逃げ道が、まるで初めから設定されていたゴールのような気がしてく過ぎる。この数年、怖れ、脅え続けていた何かが、ついに現れ、すっと身体を躱《かわ》して通り過ぎる。

「俺だけですか？」

ふと、病室のベッド脇で項垂《うなだ》れる阿志の顔が過《よぎ》った。

「どういう意味だ？」

「いや、だからコーチになれるのは俺だけなのかと思って……」

コーチがちょっと躊躇《ためら》ったあと、「ああ、そうだ」と答える。

「でも、他にも……」

「それが無理なんだよ。会社側と何度も相談したんだが、やはり専属コーチとなると、今の状況では一人増やすのがやっとだ。この十年、会社の景気がこれだけいいのに、コーチ一人増やせないんだもんなぁ。まぁ、景気がいいから、こうやってボート部が存続しているわけで、そう無理も言えないんだよ」

「じゃあ、もし阿志が引退したら？」

つい訊いてしまったが、そんなものはコーチの答えを待たずとも分かりきっている。十年もスタートの遅れた普通の社員になるだけだ。

「あの、もう決まったことなんでしょうか？」

思わずそう訊いた。

「何が？」

「だから、俺がコーチになって、阿志は……」

「嫌なのか？」

「いえ、そうじゃなくて」

「……まぁ、とにかくお前が断るなら、范俊志だよ。どちらにしろ、コーチとしてチームに残れるのは一人」

コーチの背後に川が見えた。一艘の練習艇が全速力で進んでいく。オールが水面を叩くときの水飛沫が、今、自分の顔にかかったような気がする。


「あれもアパート？　あれも？　じゃ、あれも？」

深井《サムヴィン》の裕記《ユーゲイ》大飯店へ向かうタクシーの中、高杉の妻はとにかく高層ビルが視界に入るたびに、横にいる月亮に訊いていた。

「やっぱり、月亮さんも高いビルに住んでるんだよね？」

「四十八階」

「え、四十八階？　怖くない？」

「どうして？」

「だって、四十八階でしょ？」

「東京にだってあるでしょ？」

「あるけど……、四十八階なんて言ったら、たとえば、ホテルのスイートルームとか、展望台とかって感じで、なんか、そんな高いところで料理をしている自分がイメージできないよ……。うちなんて二階だし」

「二階で作っても、四十八階で作っても、水餃は水餃じゃない」

「え？　水……、何？」

「何でもない、何でもない」

賑《にぎ》やかな二人の会話を、運転手も含めた男三人は黙って聞いている。

一年ぶりに会った高杉は、かなり筋肉が落ちていた。もちろん自分たちの年齢を考えれば、体型が変化するのは仕方がない。その上、寒い日本からなので厚着をしていて、それで体型の変化を隠そうとしているように見える。

そんな高いところで料理をしている自分がイメージできない。そう言った高杉の妻の言葉がなぜか引っかかる。ぼんやりと自宅の台所に立つ自分の姿を思い描いていると、高杉たちと待ち合わせたマルコポーロ・ホテルのロビーで、ふとこぼしてしまった「最近、考えが続かないんだ」という言葉が蘇る。

久しぶりに会った高杉に、「最近、調子はどうだ？」と訊かれ、咄嗟《とっさ》にこぼれた答えだったのだが、まず高杉が日本語で質問し、それを高杉の奥さんが英語に直して、月亮に投げる。投げられた月亮が、広東語でこちらに伝え、そこでやっと広東語で、「最近、考えが続かないんだ」と答えたのだ。

質問に対する答えが微妙に食い違っているので、「高杉さんが、『調子はどう？』って訊いたのは、ボートのことなんじゃないの？」と、すぐに月亮に問い直された。

「分かってるよ」と言い返すと、「ボートの練習中に考えが続かないってこと？」と訊いてくる。

「いや、そうじゃなくて……、普段、いろんなことを考えるだろ？　これまではもっと長い時間、一つのことを考えてられたような気がしたんだけど、最近、どうもその考えがすぐに途切れるんだよ」

「どういう意味よ？　通訳しにくいな〜」

「だから……」

こちらの言い合いを眺めながら、高杉夫妻が気長に答えを待っている。

「……なんかね、あんまり調子よくないみたい」

こちらの返事を待たずに、月亮があっさりと高杉の妻に英語で伝え、高杉の妻がそれを日本語にして夫に伝えた。

高杉も簡単な英語なら理解する。ただ、二人で話そうとすると、下手なテニスのラリーみたいになってしまうので、結局、英語に堪能な高杉の妻と月亮に任せてしまう。

レストランに到着して、混んだ店内を二階へ上がった。円卓を囲む賑やかな客たちに、店員たちが次々と料理の皿を差し出していく。

席に着いて、一通りの注文を終えると、「中国に返還されて、何か変わった？」と、高杉の妻が質問してきた。まだメニューを広げていた月亮は、「……別に、何も」と短く答えてメニューを店員に返す。

月亮の答え方が少し冷たかったせいか、話はそこで終わってしまった。代わりに高杉が何やら帰りのチケットのことで妻と話を始め、手持ち無沙汰になった月亮が、「ねぇ、今の質問されたとき、あなた、いつもなんて答えてるの？」と広東語で訊いてくる。

「今の質問って？」

「だから、中国に返還されて、何か変わったかって。外国人に会えば、必ず訊かれるじゃない」

月亮が少しうんざりした顔をする。

しばらく返事をせずにいると、「……私ね、だいたい、さっきみたいに答えるのよ」と月亮が言葉を繋いだ。

「『別に、何も』って。それで満足しない人がいたら、『行政のトップがイギリス人から、全部香港人に替わった』って答える。それで、分かってくれる人は分かってくれるし、分かってくれない人は、あと何を言ったって分かってくれないだろうし……」

ふと、二階へ上がってくる階段に飾られていた写真が浮かぶ。豪華な額に入れられた写真には、パッテン前総督の家族がこの店で食事を楽しんでいる様子が写されていた。

あれはいつごろのことだったか、ここにいる高杉たちが香港へ親善試合に来たときだったと思うが、やはり彼らに今と同じ質問をされたことがある。

互いに拙い英語での会話ではあったが、「香港が中国に返還されて、何か変わった？」と訊く彼らの表情は、どこか残念そうだった。

あのとき自分は何と答えたのだろうか。高杉たちと同じように残念そうな顔をしただろうか。それとも残念そうな顔をする高杉たちに嫌な思いを抱いたのだろうか。

高杉ではなかったが、ある男が、「イギリスのほうがかっこいい」と言った。個人的には怒る気にもなれなかったが、あれは誰だったか、たしか阿志ではなかったか――、とにかく誰かが、「さっき、みんなで見学行ったボートハウスも、昔はアジア人が入れなかったんだよ。もちろん日本人も」とぽつりと言った。

月亮の科白《せりふ》ではないが、これで分かる者には分かっただろうし、分からぬ者にはそれ以上何を言っても分からなかったのだろうと思う。

食事が運ばれてくるころには、月亮と高杉の妻はバンクーバーの話で盛り上がっていた。月亮は高校、大学とバンクーバーで過ごしているし、高杉の妻もワーキングホリデーで一年ほどそこで暮らしていたことがあるらしい。

二人の会話に取り残されてしまった男二人で、ビールを注ぎ合う。最近のエルゴのタイムを訊かれ、少しサバを読んで答えると、「来年、北京で会おう」と、高杉が冗談混じりに言ってくる。その快活さが、老兵の投げやりな物言いに聞こえる。何か訊き返してもよかったが、互いの英語力では核心になど触れられない。とりあえず場の雰囲気を変えないように、「来年、北京で！」と答えて握手した。

この十数年、別々の国ではあったが、ずっとオールを握ってきた互いの手の皮は厚く、そしてひどく乾いていた。

川の色がどこかおかしい。もう何年も通い続けてきた練習場の、いつもと変わらぬ場所から眺めているのに、川の色がどこかおかしい。

空を見上げると、うっすらと雲は広がっているが、普段と変わったところはない。流れが速いわけでもない。

一緒にボートを運んできた阿志に、「ちょっと、ヘンじゃないか？」と声をかけると、阿志は何を訊かれたのか分からなかったようで、「何が？」と、川ではなく、管理棟のほうを見上げた。

ゆっくりとボートを川面に落とす。木の葉のように揺れたボートが、周囲に小さな波を作る。

さっき、久しぶりに練習場に現れた阿志に、「親父さんの具合はどうだ？」と訊いた。阿志は、「よくない」とぶっきらぼうに答えたあと、すぐに練習着に着替え始めた。

「いいのか、病院に行かなくて」と訊いた。

阿志はちょっと哀しそうな顔をして、「親父が、『練習に行け』って言うんだよ。ベッドの横でぼけっとしたって、身体がなまるだけだって」と答えた。

浮かべたボートに順番に乗り込んで、岸を摑んでゆっくりとボートの方向を変える。ボートが岸から離れたとたん、まるですっと世界と切り離されたような気がする。たかが数十センチ、岸から離れただけなのに、解放とも、不安とも呼べる何かが身体を包む。

「どうする？　短いのやるか？」

前に座っている阿志に尋ねると、「いや、長いの一本やろうや」と振り返らずに答える。長いオールを川面に落とした。一瞬、ボートは大きく揺れるが、すぐに網を張った蜘蛛のように安定する。

いつもは濁って何も見えない川が、なぜか今日に限って透き通っているように感じる。目の錯覚かもしれないが、自分たちがとても高い場所に浮いているような気がするのだ。

「なぁ、やっぱり、今日、ちょっと川の様子がヘンじゃないか？」

改めて阿志に尋ねたが、「え？　何？」と、面倒くさそうな声だけが返ってくる。

その瞬間、ふと、昨夜のことが思い出される。夕食のあと、テーブルにあったりんごを齧《かじ》ろうとした。開け放った窓から、風が吹き込み、カーテンが千切れそうに揺れた。窓を閉めようとしたとき、「そんな高いところで料理をしている自分がイメージできない」と言った高杉の妻の言葉が思い出された。できるだけ遠くへ突き出せるようにソファに片膝を乗せて、窓の外に手を突き出した。

りんごを握ったまま、身を乗り出した。

五十一階の窓から突き出されたりんごは、部屋から漏れる明かりを浴びて、美味《おい》しそうに見えた。とても奇妙な光景なのに、そこにあるりんごはとても自然だった。指先から力を抜けば、りんごは落下するはずなのだが、そのイメージが浮かんでこない。ここで手を離しても、りんごはそこに留まるような、何か別の力が働いて、ずっとそこにあり続けるようなそんな気がしてならなかった。

りんごの真下には、中庭があった。広い中庭も、ここから見下ろすと、射的の的のように小さく見える。

一瞬、りんごを落としてみようかという幼稚な衝動にかられた。落ちたりんごがどう流れ、どこに落ちて、どう姿を変えるのか見たかった。

二日前の晩、蘭芝から「今後、私たち、どうすればいいの？」と訊かれた。新しい男ができたと告白された夜から、互いに背中を向けて寝るだけで、一言もそれについて話をしていなかった。

「お前はどうしたいんだよ」と訊くと、出て行くつもりだ、と答える。

「だったら、今後どうするも何もないだろ！」

思わず荒らげてしまった声が、居間を挟んだ母の寝室にも聞こえたらしく、数秒後、母がわざとらしく部屋を出てきて、トイレに入る足音がした。

「ここにいてくれって、俺が頼んだら、いてくれるのか？」

小声で訊いた。蘭芝がすぐに、「いてほしいの？」と訊いてくる。よく分からなかった。しかし、口が勝手に、「いてほしい」と動いた。

ゆっくりとオールを漕ぎながら、スタート地点へ向かった。岸からボートが離れていくほどに、自分たちの乗ったボートが小さくなっていくように感じる。

ずっと濁った水の上を漕いでいたせいか、こうやって透明感のある川面でオールを漕ぐと、自分たちがこの十数年の間、平らな場所ではなく、とても高い場所に浮いていたのだと思い知らされる。

「最近さ、この香港のどこかを、もう一人、自分が歩いているような気がして仕方ないんだよ」

前に座る阿志が、とつぜん身体を捩《よじ》ってそう言った。川面を駆けてきた風が、その言葉を千切って連れ去る。

「え？　何？」

「いや、だから、この香港のどこかを、もう一人の俺がふらふら歩き回ってるような気がして、無性にそいつを見つけ出したくなるんだよ」

「見つけ出して、どうすんだよ？」

「いや、見つかるわけがないんだけどさ……、でも、この前なんか、眠れなくなって、夜中の二時にベッド飛び出して、上環の辺り歩き回ったんだぞ」

阿志の言い方が、どこかふざけた感じだったので、「で？　見つかったのか？」と訊き返した。

口調はふざけていたが、本人は真剣だったらしく、こちらの物言いに、舌打ちして姿勢を戻す。

スタート地点付近に到着し、オールで方向を調整した。ここまで来ると、両岸からの音も消え、船底を撫でる波の音と、オールが水を叩く音しかしない。

身体を捩ると、これから向かうゴール地点が遥か彼方に見える。ちょうど五十一階から見下ろした中庭のように、ゴール地点は射的の的のように小さい。

あれはいつだったか、ふと思い立ってビクトリアピークのトラムに乗りに行った。今日の川と同じように、どこか様子のおかしい行列に、成龍の蠟人形が立っていた。あのとき、前に並んでいたイギリス人に、「上で、知り合いが待ってるんです」と嘘をついた。訊かれてもいないし、つく必要もない嘘だった。

いったん言葉にすると、本当に誰かが自分を待っているようだった。阿志が夜中に上環辺りを徘徊し、探していたのと同じようなものだったのかもしれない。

「そろそろ、行くか？　俺がラップ計っとくよ」

阿志に声をかけられ、オールを強く握りしめ、シートに深く座り直す。

満員のトラムは鋼鉄製のワイヤーに一気に引き上げられた。急な斜面を金切り音を立てて駆け上る。トラムは直角に立ちそうなほど傾斜している。自分たちが上昇しているわけではなくて、周囲のビルが地面に埋もれていくように見える。

かけ声をかけ、阿志とタイミングを合わせて、オールを引いた。ボートの底が、川面を滑る。その瞬間、景色がグンと後ろへ流れ、見慣れた世界が少しだけズレる。

（「群像」二〇〇七年四月号「りんご」を改題）

上海蜜柑

　蘇《スー》夫妻の古いフォルクスワーゲンに乗っていると、故郷へ戻ったような気がする。上海生まれの上海育ちで、蛍蛍《インイン》のように立派な故郷を持っていないので、多少強引にそんな郷愁に耽《ふけ》ろうとするのかもしれない。

　ハンドルを握っている蘇氏が、とつぜんアクセルを踏み込み、割り込もうとしたタクシーにクラクションを浴びせる。助手席に座った蘇夫人は、それでも話を中断しない。

「……でも、バスのチケットが買えて良かったよ。李《リー》おばさんなんて、南昌《ナンチャン》行きのバスに前の晩から並んだけど買えなくて、結局諦めたって。阿青《アーチン》、朝から行ったんでしょ？」

「昆明《クンミン》行きの本数が増えたんだって」

　蘇夫人にてきとうな返事をし、窓から少しだけ顔を出した。朝、顔を洗ってからかなり経つのに、濡れた顔が乾いていくようで気持ちいい。

「昆明まで二日かかるって言ってたっけ？」

蘇夫人の質問に、「三日。で、バス乗り換えて、山道を四時間」と答えると、それぞれの言葉が千切れるように風に流れていく。

「三日！　私だったら、腰が痛くて耐えられないわ」

「座席はベッドになってるから」

後部座席の中央に座り直しながら答えた。

「いくらベッドになってるとはいえ、狭いんでしょ」

「でも足は伸ばせるって」

「蛍蛍の両親には、行くって知らせてあるのよね？」

「蛍蛍が電話で」

「婚約したことも？」

「もちろん。でも、それは手紙で」

実際、昆明行きのチケットを買えたのは奇跡に近かった。本来ならすでに完売だったのだが、本当にたまたま行列の少し前に並んでいた人が、同じバスのチケットを二枚、払い戻しに来ていたのだ。

「世の中には運がいい人っているもんだねぇ」

売り場のおばさんでさえ、チケットを渡しながらそう言った。

その日、蛍蛍からは午前五時に起こされた。「分かった。起きるよ」と言いながら、ついぐずぐずしてしまい、気がつけば、「今、行っても買えるかどうか分からない。あなたは私の実家に行く気がない。要するに、私と結婚する気がないのよ」と、蛍蛍が枕元でめそめそしていた。「分かった。行くよ」とベッドを出たのが朝の六時。電気自転車で上海駅に向かう途中、開いたばかりの屋台を見つけて、豆漿《トウジャン》と揚げパンを食べた。店主と妻が朝から夫婦喧嘩をする屋台の軒先で、揚げパンを頬張りながら、ふと、「俺、実は蛍蛍の実家に行きたくないのか?」と考えていた。

四日かけてのバス旅行はたしかに面倒だ。彼女の家族に歓迎されるかどうかも分からない。でも、彼女は久しぶりの帰省を喜んでおり、すでにお土産も買い始めている。喜んでいる彼女を見るのは気分がいい。ずっと一緒にいたいと思う。だから婚約したのだし、だから四日もかけて、婚約者の実家へ挨拶に行くのだ。でも、そのチケットを買いに行く朝になかなか起きられない。やっと起きても、こんなところで豆漿なんかを啜《すす》っている。

気がつけば、結論が出発点にあるような堂々巡りを、蘇夫妻の車の中でも続けていた。外灘《ワイタン》へ向かう高速道路を走っていた車は、いつの間にか渋滞にはまり、さっきから数メートルしか動いていない。

助手席の蘇夫人が、退屈なのか、「このあと、蛍蛍とどこへドライブに出かけるの？」と訊いてくる。

「ドライブじゃなくて、実家へのお土産買いに」

これから蘇夫妻は四泊五日の日本旅行に出かける。荷物が多いので、できれば車で空港へ行きたい。が、空港の駐車場に車を停めておくのはもったいない。そこで、蘇夫妻が不在の間、車を自由に使わせてもらい、かつ、迎えに行くのを条件に、空港まで同行することにしたのだ。

現在は、それぞれ郊外の別の団地に暮らしているが、以前は、蘇夫妻もうちの家族も上海市内の同じ地区に暮らしていた。うちの両親と蘇夫妻の仲が良く、あまりにも自由に互いの家に出入りしていたので、両親に叱られたときなど、もしかすると、蘇夫妻のほうが本当の両親なのではないかと、幼心に疑ったこともあるくらいだ。

再開発が決まって、地区の人々は次々に郊外へと引っ越した。半年ほど前に最後の家族が出て行って、いよいよ取り壊しが始まったらしいというニュースを耳にしたのが、つい二週間ほど前の話だ。

蘇家は茶葉を扱う問屋を経営している。元々は町の小さなお茶屋だったのだが、蘇夫妻の一人娘が、党の中堅幹部の次男と結婚することになり、娘婿が社長になって問屋を始めた。日本相手の商売は順調のようで、こうやって半年に一度くらい夫婦揃って、視察を兼ねた観光旅行で日本に行く。

「そう言えば、いよいよ取り壊しが始まったって」

あまりにも渋滞が長引くので、苛々し始めた蘇夫人を宥《なだ》めるように声をかけた。まだフライト時間には余裕があって(というより、元々のんびりした人なのだが)、蘇氏のほうは渋滞中でも鼻歌混じりにハンドルを握っている。

「そうみたいね。私、ちょっと見に行ってみたいんだけど、この人が、頑として嫌がるのよ」

蘇夫人の小言を、蘇氏は鼻歌で聞き流す。

「阿青、見に行ったの?」

「行ってないよ。だって、自分の家が壊されるところなんて見たくないでしょ」

「そう?　まぁ、阿青くらいに若ければ、懐かしい我が家ってだけだろうけど、おばさんたちみたいに長く生きてると、あそこであったいろんな嫌なことも覚えてるからね。壊されるところ見ると、ちょっと清々しそうな気もするのかもね」

やっと車が走り出す。一斉に動き出した車列が、周囲を取り囲む超高層ビル群の中を、川のように流れていく。

「また、新しいビルが増えたね」

ずっと鼻歌を唄っていた蘇氏が、遠くに見える浦東《プードン》のテレビ塔のほうを眺めながら言った。蘇夫人は新しいビルなどまったく興味がないようで、バッグから取り出した旅程表をまるで暗記でもするように指で確認している。

蘇氏の言葉が宙に浮いたようになったので、「どのビル？」と身を乗り出して尋ねてやった。

「あれだよ、あの白いビル」

「ああ。あれ、バンコク資本のホテルだって」

「バンコク？」

「有名なホテルみたい。蛍蛍が働いてるホテルからも何人か引き抜かれたって。彼女も移りたかったみたいだけど、面接条件が身長160センチ以上だったらしくて」

蘇氏の首筋からは、なぜか甘い果物の匂いがする。

「なんだか、踏みつけられてるみたいな気がするな」

一瞬、蘇氏が何を言ったのか分からず、「え？」と更に身を乗り出した。甘い果実の匂いは消え、今度は蘇氏のジャケットからナフタリンの臭いがする。

「こうやってニョキニョキ建ってるビル見てると、巨人の足みたいに見えないか？」

と蘇氏が言う。

「巨人の足？」

「そう。巨人の足元で、踏みつけられないようにあっち行ったり、こっち行ったり」

身を戻して、後部座席の窓からビルを見上げた。言われてみれば、足の間を道路がすり抜けていくように見えなくもない。想像力が貧困なのか、旺盛なのか、そう思って周囲のビルを眺めていると、今にもビルが足のように動き出し、頭から踏みつけられるような錯覚に陥って、思わず首を竦《すく》めてしまった。

「こんなに長い足だったらいいわねぇ。阿青の足は長いから高層ビルだけど、私やあなたのは、さしずめそこの十階建てくらいのもんよ」

蘇夫人が自分の言葉に自分で笑う。

空港で蘇夫妻から車を引き渡してもらい、蛍蛍と暮らす団地に戻ってきたのは、午後の一時過ぎだった。予定では昼前には出かけ、外で昼食を取るつもりだったが、待ち切れなかったのか、慌てて団地の階段を駆け上がると、自室から美味そうな焼きそばの匂いがした。

「ごめん、遅くなって。渋滞してたんだ」

謝りながらドアを開けると、すぐそこのダイニングの小さなテーブルで、まさに蛍蛍が焼きそばを食べようとしているときだった。一瞬、口に入れるか迷った彼女が、結局、先に一口食べて、「もう、遅い」と泣きそうな顔をする。

蛍蛍のからだはちっこく、ときどき子猫みたいだと思う。もう二十二歳だが、まだ十五、六歳に見えることもある。椅子にきちんと腰かけると、床に爪先はつくが、踵がつかない。だからいつも膝を立てて食事をする。背中を丸めて、焼きそばを頬張る蛍蛍はまさに子猫で、その細い首筋や顎の下を撫でてやると、今にもミーと鳴きそうに見える。

実際、蛍蛍は甘えん坊で、一緒にいるときはいつもどこかに触れてもらいたがる。ソファに並んでテレビを見ていても、人の腕を勝手に自分の肩に回したり、こっちの脚を無理に持ち上げて自分の膝にのせたりするので、ふと気がつけば、かなりアクロバティックな格好で、テレビを見ていることもある。

「さっき電話したら、やっぱりちょっと大きくても、服は五、六歳用のほうがいいって」

蛍蛍の小さな肩に手を置いて、背後のタンクから水をグラスに注いだ。その手の甲を、箸を持ったまま蛍蛍が撫でながら言う。

「電話したの？　お義母さんたち元気だった？」

「うん。来るの楽しみにしてるって。あと、こっちで一緒に暮らしてることは親戚には絶対言うなって。私はまだ、范《ファン》おばさんの家に暮らしてる。いい？」

「じゃあ、やっぱり泊まる部屋も別？」

「もちろんよ。私は実家の自分の部屋。青峰《チンフォン》は強克叔父《チアンクー》さんの家」

「だって、そこ、狭いし、男兄弟が三人もいるんだろ」

「だから、その間は三男が友達の家に泊まってくれるんだって」

「でも、部屋は同じなんだろ？」

「贅沢言わないでよ。近所にホテルなんかないんだから」

冷えた水を飲み干すと、渋滞で苛々していた気持ちがおさまった。

ついこの間まで、蛍蛍は范夫妻の家で暮らしていた。范夫人は蛍蛍の伯母に当たり、あいにく夫妻には子供がいなかった。そのせいもあって、蛍蛍が中学を卒業すると、范夫妻が彼女を上海に呼び寄せた。地元で母親と一緒に縫製工場で働くか、伯母を頼って上海の女子高生になるか、蛍蛍でなくても、悩むような問題ではない。

「焼きそば、俺の分は？」

「鍋に入ってる。ちょっと甘過ぎたかも」

台所で鍋から焼きそばをちょっとつまんだ。甘過ぎるというか、お菓子みたいな味だった。范おばさんに甘やかされた蛍蛍の料理は、よほど彼女を愛していないと口にできないこともある。

蛍蛍と出会ったのは二年ほど前のことで、コーチをしている高校体操部の遠征試合から戻り、上海駅で解散したあとだった。生徒たちはすでにそれぞれのバスに乗って帰路につき、ほっと一安心したこともあって、北口にあった屋台で好物の葱油肉絲麵を一人で啜っていた。上海駅の北口は、再開発で高層ホテルが建ち並ぶ南口とはまるで違い、未だに古い煉瓦塀の続く路地には露店や屋台が並んでいる。南口から入って、北口に抜けてくればまるで上海を過去へタイムトリップしたようだし、逆に北口から南口へ出れば、まさに未来へ迷い込んだようになる。

雨上がりの寒い冬の日で、厨房で麵を茹でる大きな釜からは、入道雲のような湯気が立ち、それが外へと流れていく。雨に濡れた夜の舗道は、オレンジ色の街灯で染められて、色鮮やかな水たまりを、駅やバスターミナルから吐き出されてきた乗客たちの足が踏みつけていく。踏みつけられるたびに、水面の色が乱れ、広がり、またやっと像を結びそうになったところで、別の誰かに踏まれて乱れる。

店先にボロを着た母子がしゃがみ込んでいた。一歳くらいの女の子の顔半分は、ほとんど鼻水で固まっている。どこかへ歩き出そうとする女の子の腕を、その度に母親が摑む。もう叱る気力もないのか、落葉の絡んだボサボサの髪の毛を掻きながら、ときどき気が向くと、通りを歩いていく人へ、割れかけたカップを差し出して小銭をねだる。雨上がりの寒い夜に、じっと店先から動かないところを見ると、この店がしまったあとにはいつも、余った牛肉麵でももらっているのだろう。

蛍蛍を見かけたのは、店を出て駅へ向かっているときだった。彼女はひどく焦った様子で、なかなか来ないらしい空車のタクシーを、走ってくる車とぶつかりそうな位置まで出て探していた。

格好は上海風だったが、どこかエキゾチックな印象の少女だった。オレンジ色に染まった水たまりが反射して、少しだけ浅黒い肌がきらきらと光って見えた。

「ここじゃ、タクシーなんか摑まらないぞ」

横を通るときに声をかけると、大きな目でじろっと睨《にら》まれた。睨まれただけだったら、素通りしたのかもしれない。ただ、そのとき蛍蛍の口元で漏れた息が白くなった。その白い息が、触れてみたくなるほど美しかった。

「ここじゃ、無理だよ。あそこのタクシー乗り場に行かないと」

おせっかいだとは分かっていたが、ロータリーに並ぶタクシーの列を指差した。一瞬、振り返った蛍蛍だったが、すぐに視線を車道に戻し、「あそこに並んでるの、ぼったくりタクシーだもん」と口を尖らす。

実際、その手のタクシーだった。ただ、外国人なら別だが、地元の人間なら交渉次第でどうにかなる。

「俺が話してやろうか？」

「ここで待つからいい」

「だって急いでんだろ？　どこまで行くの？」

このとき蛍蛍は本当に急いでいた。あとで聞いたところによると、范おばさんが料理中に包丁で深く指を切ってしまい、病院に担ぎ込まれていたのだ。

蛍蛍は自分でもどうしていいのか分からないようだった。迷えば迷うほど、その仕草が子供っぽくなる。彼女は病院の名前を教えた。以前、練習中に怪我をした生徒を連れて行ったことがある病院だった。

「そこだったら、近いから俺のバイクに乗せてくよ。ちょっとだけ、停めたところまで歩くけど」

蛍蛍が警戒したようだったので、とりあえず財布から身分証を出した。

「高校の先生なの？」

「まだ臨時雇いだけどね。体育の先生」

あとで事情を聞けば納得するが、正直このとき蛍蛍がバイクに乗ることを承諾するとは思わなかった。

病院までは十分程度で着いた。たまたま頭に大怪我をした男が担架で中に運び込まれるところで、軽いパニックを起こした蛍蛍が、「どこに行けばいいのか分からない！」と半べそをかくので、結局、病室まで連れていったのだ。


休日のデパートは棚の商品に触れるのも困難なほどの賑わいだった。せっかくの帰省なので、両親や姉夫妻、そして可愛い甥や姪たちに、少しでも都会的で、少しでも安いものを買おうと蛍蛍は張り切っている。もう少し予算に余裕があれば、南京東路まで出て第一百貨商店などへ行きたいのだが、「あんな所で買ったら、予定の半分も揃わない」と早々に蛍蛍は却下した。

まず向かったのは子供服売り場で、間口の狭い店舗が、通路の両側にずらっと並んでおり、どの店舗も店先に大きなワゴンを出しているものだから、せっかくの通路が半分ほどしか空いておらず、その狭い通路とワゴンの間で、大勢の買い物客がごった返している。

「買おうと思ってたiPod諦めたんだから、みんなが喜ぶもの買えよ」

子供服が山積みされたワゴンに近寄ろうと、人の背中を掻き分ける蛍蛍に声をかけた。身体の小さな彼女は、こういった場所ではすぐにもみくちゃにされてしまう。

ワゴンの前では若い母親たちが、自分の脚にしがみつく子供たちを忘れたように、店主との値切り交渉に夢中になっている。それでも下界には下界の世界があるらしく、互いに母親の脚にしがみついた子供同士、自分が舐めている飴を見せ合ったり、舌を出し合ったりと、決して退屈しているわけでもない。

やっとワゴンに到達した蛍蛍が、山積みされた子供の服を一枚一枚手に取って、次々に放り出す。放り出された洋服が、今度は別の客の手で広げられ、また別の場所へ投げられる。

「これ、何歳用?」

空色のズボンを手にした蛍蛍が大声で店主に尋ねる。他の客との値切り交渉に忙しい店主は、「値札に書いてるよ」と素っ気ない。

「値札ついてないもん。それにここほつれてる」

他の客たちに押されながら、蛍蛍と店主のやり取りを見ていると、横で黄色いTシャツを広げていた主婦の携帯が鳴り、品定めしながらもう片方の手で出て、「まだ？見つからないの？　公園の脇に停めればいいでしょ！」と大声で話し始めた。

どうやら旦那は駐車場を探しているらしい。ふと気になって、蛍蛍の肩を叩いた。これだけある服の中から、すでに数着選んだらしい。

「ちょっと車が心配だから見てくるよ」

「いいけど、はぐれちゃうよ」

「俺がいなくても平気だろ？　車で待ってるから、荷物が持てなくなったら電話してよ。すぐに荷物だけ取りにくるから」

蛍蛍は一瞬、不満そうな顔をしたが、実際、役に立たないと考え直したのだろう、「じゃあ、電話したらすぐきてよ」と、すぐにまたワゴンの服へ手を突っ込んだ。

騒然とした売り場からやっとの思いで離れた。数段ある階段を下り、なんとなく振り返ると、忙しく動く客たちの足がちょうど目線の高さにあった。いつ落ちたのか、ピンク色の服が無数の足に踏まれて汚れている。なんだか嫌なものを見たような気がして、逃げるように外へ出た。

出た途端、ふと疑念が浮かぶ。なぜだか分からないが、一度は諦めた今回の帰省を、蛍蛍がとつぜん「やっぱり帰りたい」と言い出したのは、もしかすると例のことを両親に相談するつもりなのではないだろうか。

デパートを出ると、目の前に緑豊かな公園がある。石畳の広場で体操をしている老人たちの姿が、樹々の間に見える。そこで流れているのか、「1、2、3。1、2、3」と声をかける若い女の声が、スピーカーの中で割れて響いている。

車の間を縫うように車道を渡った。中央分離帯の植え込みに柵があり、そこをひょいと飛び越えた。反対側に着地したとたん、「いや、絶対にそうだ」とさっきの疑念が確信に変わる。

あれは蛍蛍が帰省の日程を伝える電話を実家にかけているときだった。てっきりそのあと、婚約したことを報告するのだろうと、もしすれば、電話を代わってきちんと挨拶しなければならないと、少し緊張して待っていた。

が、蛍蛍は日程を伝えて、短い近況報告をすると、電話を切ってしまったのだ。

「……お義母さん、なんか言ってた？」

思わずそう尋ねた。

「なんかって？」

蛍蛍が逆に怪訝《けげん》そうに首を捻る。

「いや、婚約したこと言うのかと思ってたから」

「ああ」

「ああって、なんだよ」

「一緒に暮らしてることは知ってるんだよ」

「でも、それとこれとはちょっと話が違うよ」

「分かった。じゃあ、手紙で送る。電話よりそっちのほうがいいでしょ？」

「なんで？　反対されそうなの？」

「反対？　なんで？　もし反対するくらいなら、一緒に暮らすことだって賛成してないもん」

「そうだけど……」

蛍蛍の言葉には妙な確信があり、少し自分が気負い過ぎなのかもしれないと思った。

車道を渡り終え、車を停めた路地へ向かおうとしていると、少し離れた横断歩道のほうで、車と電気自転車が接触したらしく、互いの運転手が怒鳴り声を上げていた。停車した車と電気自転車を避けるように、それでも車列は動き続ける。

蛍蛍がホテルでの勤務中、台湾のタレント事務所の社長に声をかけられたのは、今からひと月ほど前のことだった。

その日、蛍蛍は帰宅するなり、かなり興奮した様子で、財布から一枚の名刺を取り出した。テーブルに置く際に、コップの水滴で少し濡れたところをわざわざ拭いたのを見ると、かなり大切に持ち帰ってきたものらしい。

「何、これ?」

触れようとすると、「汚さないでよ」と注意するので、「手、汚れてないよ」と両手を広げてみせた。

蛍蛍の説明によれば、この星馳《シンチー》経理公司の社長は、数日前から所属新人タレントの売り込みで上海に来ているらしかった。そしてホテルのラウンジで働いている蛍蛍を見かけ、声をかけてきた。もちろん胡散臭《うさんくさ》いと思った蛍蛍は、当初、相手にしなかったらしいのだが、翌日、また社長が現れたとき、とても可愛い新人タレントも紹介され、「本当にヘンな会社じゃないんだけどな」と言われた。

新人タレントは多少生意気なところがあって、蛍蛍が出した珈琲にケチをつけ、すぐに部屋へ戻ってしまった。ちょうど休憩前だったので、蛍蛍は休憩室のパソコンで、紹介された新人タレントの名前で検索してみた。台湾のサイトに数件、彼女に関する情報があった。その一つをクリックすると、携帯電話機メーカーの販売イベントの紹介で、晴れやかな舞台でマイクを持っている女の子がおり、どこからどう見ても、たった今、紹介された子に間違いない。

十五分の休憩が終わって、ラウンジに戻ると、まだ社長はいた。かなり迷ったが、蛍蛍は、「七時に仕事が終わるので、そのあと十五分だけなら話ができます」と自分から声をかけたそうだ。社長はとても喜んで、「じゃあ、向かいのスターバックスで待ってる」と名刺をくれた。仕事が終わり、すぐにパソコンでまた社名を調べた。所属タレント数人の小さく、まだ新しい事務所のようだが、中にはテレビドラマの脇役でレギュラー出演している男の子もいた。

「君みたいに小柄な子は、大陸ではなかなか難しいかもしれないけど、台湾や日本なんかだと受けるんだよ」

スターバックスで蛍蛍を誘う社長の言葉で、彼女自身が一番気に入った口説き文句なのだろう。蛍蛍は事情を説明してくれながら、この科白を少なくとも五回は繰り返した。

「二十二歳っていう年齢のこともね、そんなに問題にならないって。タレントというより、女優を探してるんだって」

「だって、蛍蛍は、演劇の勉強なんてしたことないだろ？」

彼女があまりに興奮しているので、少し冷静にしてやろうと思ってそう言ったのだが、それが火に油を注いでしまったようで、「台湾や日本じゃ、学校で演劇なんか勉強してない女の子ばっかりなのよ。そっちのほうが素人っぽくて人気がでるんだって」と、まるでこちらが批難したかのように反論してきた。

「社長はね、もし私にやる気があるなら、すぐにでも台湾に来いって」

「え？　行くの？」

思わず声を上ずらせると、一瞬、我に返ったらしい蛍蛍が、「ま、まだ。そんなこと分からないよ。たぶん、行かない。行くわけないよ」と呟いた。まるで自分で自分に言い聞かせているような言い方だった。

話が一段落すると、蛍蛍はシャワーを浴びに浴室へ入った。いつもならすぐに水音がするのだが、鏡でも眺めているのか、いつまで経ってもシャワーを使う音は聞こえない。

映画館のスクリーンに大写しになる蛍蛍。テレビの中で、愛らしく笑い転げる蛍蛍。ビルの壁に貼られた新築マンションの広告で涼しげな笑みを浮かべている蛍蛍。もしくは地下鉄の車内テレビでガムのＣＭに出ている蛍蛍。

いろんな蛍蛍の姿を想像してみた。彼女だと紹介すれば、誰もが羨む女の子なので、どんな想像にも耐えられるだけの魅力はある。そんな女性と、付き合っているのが自分だと考えるだけで、頬も弛《ゆる》んだ。だが、やはりどこか晴れがましすぎるような気もする。蛍蛍の美しさは、そんな大きな舞台ではなく、たとえばそう、二人が出会った真冬の上海駅北口のような場所——、濡れた舗道の水たまりは群衆の足で踏まれ、オレンジ色の街灯が反射した水面がいつも乱れているような場所——、そこで白く小さな息を吐いていた蛍蛍ほど、美しいものはないように思う。

その後、こちらから尋ねても、蛍蛍はこの話を一切しようとしなかった。きっと諦めたのだろうと思っていた。きっと夢物語として、忘れてしまったのだろうと思っていた。

結局、蛍蛍の買い物は三時間以上続いた。一時間に一度くらいのタイミングで電話がかかり、車道を渡り、柵を乗り越えて、荷物を取りに行った。

お土産にさほどかさばるものはなかったが、甥たちに買ったおもちゃが軽い割に箱が大きく、これを持ってバスで四日間移動すると考えただけで、背骨が痛んだ。

後部座席を荷物で一杯にして、自宅へ戻ろうとしたのは午後の五時過ぎだった。夕食には少し早い時間だったが、せっかく車があるので、前から行ってみたかった四川料理の店へ寄った。食事中、「昔、住んでた地区、ここから近いんだよ」と蛍蛍に教えたが、あまり興味はないようで、彼女は料理が届いても買い忘れがないか、ずっと確認していた。久しぶりの帰省、みんなを喜ばせたいのだと思う。家族を喜ばせようと必死になっているときの蛍蛍は、口は悪くなるが、いつも以上に愛らしい。

「なぁ、せっかくここまで来たから、俺が前に住んでた地区、ちょっと見に行かない？」

ふとそんな言葉が漏れたのは、レストランの駐車場に向かっているときだった。

「だって、もう誰も住んでないんでしょ？」

蛍蛍が明らかに面倒くさそうに口を尖らせる。

「そうだけど……。なんか、とうとう取り壊しが始まったんだって」

「取り壊し？　だったら、行ってももう何もないじゃない」

「いや、そうなんだけど」

「いいよ。帰ろう。荷物もあるし。私、なんか疲れちゃった」

「でも、せっかく車もあるしさ」

「あ、だったら、私を送ってから来れば？　どうせ今夜中に蘇さん家に車返すんでしょ？」

「いや、明日にしようかと思ってたけど。それに、逆方向だよ」

「そっか。あ、でも、一晩中、うちの前に停められる？」

鍵を開けると、蛍蛍はすぐに助手席に乗り込んだ。たしかにあの混んだデパートを半日うろついていたのだから、疲れ切っているに違いない。

運転席に乗り込むと、「じゃあ、そうするよ」と言った。

「え？　何を？」

「だから、車、今夜返す」

「昔の家は見に行かないの？」

「別にいいや」

「だって、取り壊されたんでしょ？」

「そう、取り壊された。……それより、疲れたろ？」

「疲れたよ〜」

身を屈《かが》めて、蛍蛍が自分の脹ら脛を揉む。

「夜、足揉んでやるよ」

「ほんと？　やった！」

車を走らせ、しばらくすると、助手席で蛍蛍は小さな寝息を立てていた。

三階の教職員室の窓からは、一列にソテツの並んだ遊歩道が見渡せる。正門から伸びる遊歩道は、ちょうど窓の下で二手に分かれ、右へ行けば古い煉瓦造りの学生寮、左へ行けば二階建ての巨大な体育館へと伸びていく。

さっきまで帰宅する通学生たちの賑やかな声が聞こえていたが、いつの間にか遊歩道の人通りもまばらになって、放課後の部活動へ向かう赤いジャージ姿の生徒が数人、やる気なさそうに体育館へ向かっている。

ここでお茶を飲みながら、夕日に染まる放課後の校庭を眺めていると、なぜか妙に気持ちが落ち着く。

この学校の臨時体育教師の職を得てすでに三年目、毎年正規雇いの申し込みはしているが、今年も募集枠は出なかった。誰かに推薦状をもらうなり、コネを使うなりしないと、このまままずっと臨時のままだよ、と、蘇夫妻には注意されるが、元来、のんびりした性格なのか、「実際そうだよな」と心では思うものの、いざ動き出そうとすると、「俺は本当に教師に向いているのだろうか」と根本的な迷いが生じてしまう。

この話を蛍蛍や実家の母にすると、「結局、面倒くさいのよ」と呆れられるが、まだ二十五歳で健康な男としては、もう少し自分の人生を足掻《あが》いてみたい気持ちにもなる。

かと言って、他に何かやり始めることもないのだから、やはり二人が言うように、単に面倒くさいだけなのかもしれない。

飲み干したお茶に熱い湯を足そうと立ち上がると、数学の毛《マオ》先生に呼び出されている陳元喬《チェンユエンチアオ》の姿があった。項垂れているところを見ると、また試験で赤点でも取ったのだろう。

熱い湯を注ぎながら、見るともなく眺めていると、やっと解放されたらしく、陳元喬が一礼して廊下へ出ていこうとするので、「陳元喬！」と呼び止めた。

ビクッと足を止めた陳元喬の肩から、「もう、勘弁してくれよ」とばかりに力が抜ける。振り返った陳元喬が、諦めたようにとぼとぼと近寄ってくる。

「手首、どうだ？」と訊いた。

注意されるわけではないと分かったのか、一瞬にして陳元喬の表情が明るくなる。

「もう大丈夫です。ただ、ペンとか持つと、痛むから……」

「で、数学の試験、落第したって？」

「いや、ほんとにそうなんですよ。解き方は分かってるのに、手が動かなかったんですよ」

「よく言うよ」

「ほんとですよ!」

陳元喬が手首を捻挫したのは、跳び箱の授業の最中だった。高い段より、低い段のほうに注意しろと、何度も言ってきかせていたのに、案の定、ふざけて跳んで手首を捻ったのだった。

わざわざ呼び止めたわりに、手首のことを聞いてしまうと、他に話がなかった。

「寮に戻るのか?」と尋ねると、「はい。どうせ練習出られないし」と陳元喬が頷く。

「もう、行っていいんですか?」

「おう、いいよ。……あ、待て、先生も一緒に行くよ」

「あ、はい」

飲みかけのお茶碗を机に置いて、代わりに洗い立てのタオルを首に巻いた。最近、蛍蛍が見つけてきた柔軟剤のいい匂いがする。

「李先生って、上海体育学院の出身なんですよね?」

西日の差し込んだ廊下を歩いていると、陳元喬が話しかけてくる。

「ああ、そうだよ」

「高校まで体操競技の強化選手だったんでしょ?」

「高校一年までな。高校入ってすぐに怪我《けが》しちゃって、将来の夢もパー」

「もし怪我しなかったら、オリンピック選手になれました？」

「お前もさらっと嫌なこと言うな」

「え？　なんでですか？」

「先生がどれくらい落ち込んだかも知らずに」

「ああ、そうっすよね。すいません」

あまりにも陳元喬の態度が屈託ないので、つい笑ってしまう。

「まぁ、オリンピック選手は無理だろうけど、ちょっとした選手にはなれてたかもな。ただ、そのあと急に身長が伸びたから、やっぱり無理だったかな」

「子供のころから名門クラブに通ってたんでしょ？」

「ああ。当時の仲間の中にオリンピックに出た奴いるぞ」

「ほんとっすか！　すげえそれ」

高校一年のころ、練習中に腰の骨を折った。もちろん大変な怪我ではあったが、その後のリハビリで、現在は後遺症もない。この時期の一年のブランクは大きかった。しばらく体操ができないと医者に聞かされたとき、悔しくて泣いた。ただ、心のどこかでほっとしている自分もいた。おそらく自分が、親友だった羅國輝《ルオグオホイ》と比べても、将来性のない選手だと、内心分かっていたのだと思う。

幸いにも一年後、復帰できた。しかし強化選手ではなく、一般の部員として。そのお陰で体育大学に推薦も出て、現在、この学校で体育教師をやっていられる。何かが駄目になったからといって、すべてを諦めることもないのだと、これだけは生徒たちに自信を持って教えられる。

「あ、そうだ。蔣保山《ジアンバオシャン》たちがまた新しいのをYouTubeに載せたの知ってます？今度のもマジで笑えますよ」

「お前らまだやってんのか、あんなこと」

「だって、世界中からすげえアクセス数なんですよ」

「あんなの、どこが面白いんだよ」

「だって、李先生も腹抱えて笑ってたじゃないっすか」

「バカバカしくて笑ってたんだよ」

「あ、そうだ。たぶん今、みんな、集会室のパソコンで見てると思いますから、李先生も来て下さいよ」

男ばかりの寮生活で他に楽しみもないのか、最近、寮生たちの間でYouTubeにくだらぬ動画を投稿する遊びが流行っている。ブリトニー・スピアーズやマドンナの曲に合わせて、口パクで歌い踊る様子を安いビデオカメラで撮影しただけのものなのだが、外国の歌手になりきって、表情豊かに口パクする中国の男子高校生の姿が面白いのか、載せると世界中から一万件に近いアクセスがあるという。

実際、何度か見せてもらったが、狭い寮の部屋で机に向かって勉強している二人の生徒が、曲のイントロに合わせて少しずつリズムを取り出し、伸びきったランニングシャツ姿の男子が、真剣な顔で口パクし、曲の盛り上がりで踊り出す様子は、妙にアンバランスでつい声を上げて笑ってしまう。

最初の動画が好評だったので、次に衣装なども作って大掛かりにやったらしいのだが、そちらはまったく人気が出なかったらしい。やはり狭い寮の部屋で、普段着というのが、バカバカしくて面白いのだ。

それにしても一万件のアクセスというのはすごいと思う。あの古い寮にいながら、世界各国のそれだけの人々を笑わせているのだとすれば、我が教え子ながらちょっと誇らしい気もする。

「あ、そう言えば、昔、李先生が住んでた地区の建物が、取り壊される動画も出てましたよ」

校舎からソテツの並ぶ遊歩道に出たとき、ふいに陳元喬がそう言った。

「なんで、そんな動画が出てんだよ？」

「知りませんよ。別に深い意味ないんじゃないですか。飼ってる猫の寝顔を延々映しただけの動画だってあるんですから」

「そんなの誰が見るんだよ」

「知りませんよ。そんなこと言ったら、蔣保山たちの動画だって、誰が見てるんだって話ですからね」

一瞬、かっと頭に血が上った。見られたくないんだと、ふと気がつく。あの地区が世界中の人々から笑われているような気がした。あの地区が壊される様子を、誰にも見られたくない。——自分でも驚く反応だった。

未舗装の通りは、雨がふると踵が埋まるほどぬかるんだ。すぐ隣にはすでに再開発された地区があり、アスファルト舗装の大通りが、二つの場所を区切っていた。

地区の中央に伸びる通りは、全長100メートルほどで、陳氏の果物屋、王《ワン》氏の食堂、韓《ハン》夫人の足つぼマッサージ店など、様々な店舗が並んでいた。建物はほとんどが煉瓦造りで、煉瓦をモルタルで塗装しているのだが、長い月日の流れのせいで、あちらこちらのモルタルは崩れ落ち、中の煉瓦がむき出しになっていた。

通りにはゴミが溢れ、野良犬がいつもよろよろと歩いていた。野良犬はどれも疥癬《かいせん》持ちで、残飯を漁りにやってくると、あちこちから怒号と石が飛んでいた。

両親と三人で暮らしていたのは、陳氏の果物屋の裏だった。店の横に細い路地があり、いつも人が通れないほど果物の詰まった段ボールが積まれている。表通りから見れば、短い路地にしか見えないのだが、路地を抜けると古い満月形の門があり、その先に石畳の小さな広場があった。

この広場を囲むように五世帯が暮らしていた。広場を囲む建物には仕切りがなかった。蘇夫妻の寝室の上に、陳氏の娘たちの部屋があり、その横に蔣家の寝たきりのおじいさんがいて、その下に、新参者の若い夫婦が住んでいるような場所だった。

放課後の部活指導が終わり、家路につくつもりが、いつものバス停に立っていると、たまたま向かいのバス停に上海駅行きのバスがきた。これに乗って、駅前で乗り換えれば、昔暮らしていた地区に行ける。ふと、そう考えたときには足が動いていた。一緒にバスを待っていた女教師が、「あれ、李先生、どこに？」と声をかけてきたが、返事をする余裕もなく、車道を渡ると、閉まりかけていたバスのドアをこじ開け、乗り込んでいた。すぐに走り出したバスの中から、首を傾げている女教師の姿がちらっと見えた。

路地裏の広場にはいつもいろんな匂いがしていた。腐った果物の臭い。それぞれの台所から漂ってくる食べ物の匂い。便所の臭い。蔣家の寝たきりのおじいさんが飲む漢方薬の臭い。古い井戸の臭い。そして、陳家の美人姉妹、若菊《ルオジー》と若梅《ルオメイ》が夜遊びに出かけるときにつけていた化粧や香水の匂い。

上海駅でバスを乗り換えるときには、すっかり日が暮れていた。通勤時間帯で、ターミナルには車道にはみ出すほどの乗客が並んでいる。次々とやってくるバスに、群がるように乗客が押し寄せて、乗れるだけ乗るとドアも閉めずにバスは走り出す。バスは次から次にやってくるのに、ターミナルの乗客はいっこうに減らない。逆に時間が経てば経つほど増え続け、膨らんだ乗客の群れが、バスが来るたびに一斉に動く。

これだけの人がいるのに、妙に静かな場所だった。みんな疲れているのか、口を開く者も少なく、ただ自分が乗るバスが来るのを待っている。混んで乗れなければ、次のバスを待つ。一人くらい怒鳴り出す者がいてもおかしくないのに、もう不平を言う気力もないのか、黙って次のバスを待つ。

子供のころ、広場で一人遊んでいると、よく若菊・若梅姉妹に部屋に上がっておいでと誘われた。興味本位で上がっていくと、面白がった彼女たちに、女物の服を着せられ、化粧までされて、無理やり表通りを歩かされた。大人たちは、当時人気のあった京劇の俳優みたいだと腹を抱えて笑い、そこで踊ってみせたら饅頭を一つやるとからかった。饅頭と言われて、歌いながら踊ってみせた。いつの間にか通りには人垣ができ、退屈しのぎに拍手をくれた。

混んだバスに揺られて、懐かしい町に到着したのは、午後の七時を回ったころだった。バス停はいつの間にか建っていた高層ビルの前にあり、見上げればまだ煌々《こうこう》と窓明かりがついている。この通りの反対側は、懐かしい地区だった。バスが邪魔をして、まだ通りの向こうは見えなかった。なんとなく目を閉じた。バスが走り出す音がする。

ふーと一度大きく息を吐き、ゆっくりと目を開けた。こちら側が明るいせいか、通りの向こうがあまりに暗く、まるでそこからすとんと世界が抜け落ちているようだった。

若菊・若梅姉妹は年頃になると、夜な夜な近所の若いゴロツキたちと遊び歩くようになっていた。このゴロツキたちをまとめていたのが鄭《ヂョン》兄弟という札付きの不良で、地区の外れにあったビリヤード場の前を通ると、くわえ煙草で、若菊・若梅の肩を抱き、卑猥な冗談を言い合っていた。

色もなく、くすんだ通りを派手なシャツを着て闊歩《かっぽ》する鄭兄弟。日に灼けた兄弟に肩を抱かれて歩く若菊・若梅の肌は白い。四人が並んで通りを歩くと、まるで映画でも見ているように時が止まった。四人のあとについていけば、何かとても楽しい場所、とても輝いている場所に、自分も連れて行ってもらえるような気がした。

ときどき若菊・若梅姉妹はお土産を持ってきてくれた。一番嬉しかったのはビリヤード場や酒場で供されるチョコレートで、口の中に入れると、鼻からこぼれる息まで甘くなった。面白がって煙草をもらったこともある。一度、両親に隠れてこっそりと吸っていると、声もかけずに部屋へ入ってきた蘇夫人に見つかって、「あんた、そんなもん吸ったら、せっかく入れた体操クラブに行けなくなるよ！」と、物凄い剣幕で叱られた。

すとんと抜け落ちたように見えた世界にも、残骸はあった。バスが走り去ると、車道を渡った。立ち入り禁止のテープが張られた向こう側から、懐かしい赤土の匂いがする。

テープをくぐって、中に入ると、月明かりに廃墟が浮かび上がる。ここからまっすぐに伸びていたはずの通りには、両側から崩れた壁や天井の残骸が、ちょうど昔、散乱していたゴミのように堆《うずたか》く積み上げられている。

足元で踏みつけた煉瓦の破片が割れる。コンクリートから突き出した鉄筋が月光を浴び、まるで刀のように光っている。

ただ、以前の形はなくとも、歩き出せば、その歩数で自分がどこに立っているのかは分かる。右手にある崩れた二階建てのビル。これは韓夫人の足つぼマッサージ店だ。めったに客がいることはなく、いつ覗いても、韓夫人が一人、すっかり潰れてしまったソファに腰かけて、小さなラジオを聴いていた。

「阿青、そこで何してんの？　みかん、あげるから、おいで。……韓おばさんと一緒に、ここでラジオ聴こうよ。今、ちょうどおばさんの好きな曲が流れてるから」

南側の壁だけしか残っていない韓夫人の店を見つめていると、そこに懐かしい店内の様子が浮かび、薄暗い明かりの下で、手招くおばさんの姿が立ち現れる。

韓夫人の手はひどく荒れていた。何人もの客たちの足を揉み、分厚くなった皮がひび割れて、頬を撫でられると、痛くてすぐに逃げ出した。

「あれは韓おばさんが一生懸命働いてるからなのよ。ああいう手をした人こそ、立派な人なのよ。それが分からない阿青は、立派じゃないのよ」

韓夫人の手を笑うたび、母はそう言ってとても哀しそうな顔をした。


あれは風のない蒸し暑い夜だった。ふと目が覚めると、肌着が汗でびっしょりと濡れ、ひどく喉が渇いていた。横にある寝台に両親の姿がなかった。開け放った窓から差し込む青い月明かりが、乱れた布団だけを照らしていた。

身体を起こすと、窓の外から誰かがひそひそと話す声が聞こえた。遠くで鳴いている野良犬の鳴き声さえはっきりと聞こえる静かな夜だった。

とても不吉な予感がした。寝台から身を乗り出すように広場を見下ろすと、みんながそこに立っている。両親も、蘇夫妻も、蔣家の人々も、新参の若い夫婦も。みんなが寝間着のまま外へ出て、身を寄せ合うように立っている。自分だけがここに置き去りにされるような気がして、慌てて母を呼ぼうとするのだが声がでない。夢なのかもしれないと思うほど、自分で自分の身体を動かせない。

身を寄せ合う大人たちの中に、陳家の人たちだけがいない。そのことに気づいた瞬間、ああ、若梅が死んだんだと直感した。いや、これはあとになってそう感じたのに、長い月日の中、記憶が改竄《かいざん》されただけなのかもしれない。

窓から身を乗り出している息子に最初に気づいたのは父だった。「阿青、お前は寝てなさい」と注意されたが、身体が動かなかった。すぐに母親が階段を駆け上がってきて、「なんでもないのよ」と宥められながら、布団に押さえつけられた。押さえつけられながら、「若梅がどうかしたの？」と訊いた。月明かりを浴びた母が、驚いたように目を見開いた。

後日、分かったことだが、この夜、若梅は鄭兄弟のグループに犯されたのだ。当時、若梅は鄭兄弟の弟を袖にして、貿易会社を営む金持ちの男と付き合い始めていた。捨てられた鄭兄弟の弟が、仲間を使って若梅に復讐したのだ。

犯された若梅は荷台に載せられて、路地裏の広場に運ばれたらしい。男たちは半裸の若梅を広場に投げ捨て、「賤女人」と書かれた紙をその身体の上に置いて立ち去った。

韓夫人の足つぼマッサージ店からさらに通りを進む。取り壊されていても、どこに何があったのか、残された敷石を見れば分かる。ただ、どこを見ても、あの食堂はこんなに狭かったのか、あの自転車屋はこんなに小さかったのか、と驚かされる。こんなところで、あんなに大勢の人が暮らしていたのかと。

取り壊された地区の周囲には、すでに完成した高層ビルが建ち並んでいる。まだ明かりをつけたビルに囲まれ、ここだけが息をしていない。

蘇夫妻の車で空港へ向かうとき、「こうやってニョキニョキ建ってるビル見てると、巨人の足みたいに見えないか？　巨人の足元で、踏みつけられないようにあっち行ったり、こっち行ったり」と言った蘇氏の言葉がふと浮かぶ。

巨人に踏みつけられた場所は、こうなってしまうのだ。

陳氏の果物屋は、他のどこよりも崩れ落ちていた。元々、頑丈ではなかったのか、まるで砂で出来ていたように、壁の一部さえ残っていない。

昔、広場へ続く路地だったところは、瓦礫《がれき》が積まれ、通れない。用心しながら瓦礫の山に上った。一歩ごとに足元の瓦礫が崩れ、静かな廃墟に音が響く。

瓦礫の頂上まで上ると、懐かしい広場が見えた。ただ、広場には足の踏み場もないほど木材や瓦礫が積み上げられている。昔、暮らしていた家は跡形もない。瓦礫の中に、青いペンキの塗られた格子状の木枠がある。若菊と若梅の部屋にあった窓枠だ。

「阿青、体操クラブに合格したんだって？」

「阿青、また背が大きくなったんじゃない」

「阿青、またそんな口きいて。お母さんに言いつけるからね」

「阿青、洟《はな》がたれてる。これで拭きなさい」

「阿青！」

「阿青！」

事件後、若梅は一歩も部屋から出なくなった。食事も口にせず、幽霊みたいに痩せ細っているという噂だった。会いたかったが、階段を上っていく勇気がなかった。

「若梅、大丈夫？」

誰彼となくそう尋ねるのだが、事件のことを話したくない大人たちは、その質問さえ聞こえないふりをした。

あれは事件から三月ほど経ったころだろうか。一人、広場で学校の宿題をやっていると、ここしばらく開くことのなかった青い格子窓が音もなく開いた。いつもなら騒がしいほどの広場なのに、たまたまそのとき他に誰の姿もなかった。ゆっくりと開いた窓に、若梅がすっと立つ様子を、息を呑んで見上げていた。若梅は幽霊みたいに痩せてはおらず、美しいままだった。ほっそりとした首筋をしばらく自分の手のひらで揉んだあと、夕空を仰ぐように両手を伸ばして背伸びした。薄《うっす》らと生えた脇毛が見えた。

思わず目を逸らすと、「阿青」と呼ぶ声が落ちてきた。

あの日、どれくらいの時間を若梅と過ごしたのか覚えていない。五分ほどのような気もするし、数時間も一緒だったような気もする。

呼ばれて部屋へ上がると、若梅はお茶を淹れてくれた。いらないと言うと、台所から固くなったお菓子を持ってきてくれた。

「阿青……。阿青は、早くここから抜け出すのよ」と若梅は言った。

寝台に並んで座っていた。広場からは夕食を作り出した母や蘇夫人の賑やかな笑い声が聞こえていた。

若梅が何を言いたいのか分からず、首を捻っていると、坊主頭を何度も撫で、「阿青はがんばって、ここから抜け出すの。そして新しい世界で生きるのよ。約束よ。私と約束できる?」と言った。あまりにもしつこかったので、「うん」と頷いた。若梅は、とても嬉しそうな顔をした。頭を撫で、撫でるだけじゃ物足りなかったのか、強く抱きしめ自分の胸に押しつけた。

若梅が自殺したのは、それから二日後のことだった。嘆き悲しむ若菊の声は、三日三晩広場に響いた。

「青峰、一緒に箸も持ってきて」

台所でごはんをよそっていると、棚の向こうですでにスープを飲んでいる蛍蛍が声をかけてくる。

「スプーンは？」

「スプーンはある。……あ、熱ッ！」

「味どう？」

「美味しいと思うけど、まだ熱くて分からない……」

箸とごはんを運び、テーブルにつく。狭い居間の床は、蛍蛍の実家へ持っていくお土産で足の踏み場もない。

「これさ、ほんとに二人で持って行けるのかな？　重くはないけど、量がさ……」

「大丈夫よ。全部、把っ手のところを紐で結ぶから」

湯気の立つごはんを一口食べて、少し香辛料を入れ過ぎた鶏肉の炒め物をそこに放り込んだ。ごはんと一緒なら、辛さも気にならず、ちょうどいい案配になる。

「今週末、対校試合の引率で南京に行くんでしょ？」

「うん」

「バス？」

「いや、なんか予算が取れて、みんなで電車」

「新幹線？」

「まさか」

昨夜、蛍蛍の帰りが遅かった。仕事帰りに同僚たちと日本のロックグループのライブに行くことは聞いていたが、さすがに十二時を回った時点で心配になり電話をすると、新天地近くのバーで飲んでいたらしく、「ごめん、すぐ帰る」と甘えた声で謝られた。実際、三十分後には帰ってきた。かなり酔っていたが、酔った蛍蛍は少し大胆で、いつまでも抱いていたくなる。

蛍蛍が機嫌よく酔っていたので、ずっと気になっていたことを訊いた。今度の帰省と台湾のタレント事務所からの誘いに、何か関係があるのかと。

小さな蛍蛍の身体に覆いかぶさり、両手両足で作った檻の中に閉じ込めるようにして訊いた。訊いた瞬間、蛍蛍はケラケラと笑い出したが、じっと見下ろすこちらの顔が真剣なのが伝わったのか、ふいに真面目な顔になり、「せっかく帰るから、両親に相談はしてみようと思う」と答えた。

　もしかするとそうではないかと考えていたわりに、蛍蛍の答えはショックだった。あまりにもショックで言葉をなくしていると、腕を伸ばしてこちらの首を抱きしめてきた彼女が、「いやなら、行くなって言えばいいじゃない」と言う。熱い息が胸元にかかり、萎《しぼ》んでいた性器がまた硬くなる。

　蛍蛍の横に倒れ込みながら、「俺が行くなって言えば、行かないのか」と訊いた。彼女は何も答えなかった。もう一度訊くと、「今はその話したくない」と言い、すべすべした肌を擦り付けながら、腹の上に乗ってきた。

　台湾に行ったからって成功するって決まったわけじゃないんだぞ。

　そんな言葉がこぼれそうになるが、「そんなの分かってる」という言葉もすぐ浮かぶ。蛍蛍の言葉ではなく、たぶん自分の言葉だった。

　そんなの、みんな分かってる。分かってるけど、挑戦できる人間もいれば、挑戦できない人間もいる。

　ぼんやりと天井を見つめていると、「何、考えてんの？」と蛍蛍に鼻をつままれた。

「別に」

「言ってよ。なんか考えてたでしょ」

「別に何も考えてないよ」

「嘘ばっかり」

「俺って、臆病者かな？」

ふとそんな言葉がこぼれた。蛍蛍は一瞬、真面目に答えていいのか迷い、「私の恋人が臆病者なわけないじゃない」と冗談で返してきた。

何も言わずに、じっと蛍蛍の目を見つめていると、「青峰は臆病者じゃないよ。ただ、あまり欲がないだけ」と、今度は真面目な顔で言う。

「欲？　あるよ」

「そりゃ、あるだろうけど、普通の人よりはないよ」

「そうかな」

「私たち、上海に住んでるのよ」

「どういう意味？」

「欲しいものは欲しいって、今、世界中で一番言える街がここじゃない」

蛍蛍が身を屈めて、まつげにキスをしてくれた。微かに触れる唇がこそばゆく、小さな肩を摑んで離した。そして、「俺は蛍蛍とずっと一緒にいたい」と心の中で言ってみた。言葉にすれば、とても簡単なことに思えた。とてもシンプルで、とても強い欲求で、願えば簡単に叶いそうな気がした。

朝七時の上海駅前は、広場の地面の見えないほどの人ごみだった。駅から吐き出され、初めて目にする上海に言葉を失い立ち尽くしている地方出身者、切符を買うためにもう何日も広場に住み着いているような家族連れ、そしてこれから旅立つ乗客たちの待ち合わせと、何か事が起これば、すぐにでも騒乱に発展しそうな熱気があった。

幸い、集合していた生徒たちはお揃いの赤いジャージ姿だったので、一塊になれば遠くからも見分けがつく。みんな顔も洗っていないような、眠そうな目をしているが、それでも対校戦のあと、夕方まで南京観光ができるとあって、首からカメラを下げている生徒もいる。

「これから切符渡すから、なくすなよ！」

生徒たちをしゃがませて、大声でそう言った。バッグから切符を取り出し、それぞれの手に渡していると、「陳元喬がまだ来てません」と誰かが告げる。

「蔣保山、お前、同じ部屋だろ。陳元喬は？」

切符を渡しながら尋ねた。切符を受け取った蔣保山が、「一緒に出て来たんですけど、バスに乗るとき、何か忘れ物したって取りに帰って。でも、次のバスで来ると思います」と答える。

「次のバスって、何分後だ？」

「二十分後です」

時計を見ると、まだ列車の出発までには時間があったが、駅構内へ入るだけでも相当な行列ができている。

「よし、じゃあ、先にお前らだけ構内に入れ。先生は、陳元喬を待って一緒に入るから。中に入ったら出発ホームの待合室で大人しく待ってるんだぞ」

言い終わらぬうちに、生徒たちが立ち上がって歩き出す。

「ほら、みんなで一緒に行けって！」

思わず怒鳴った。ふざけた生徒たちが互いに肩を組み合って笑っている。

広場の熱気のせいか、生徒たちに切符を渡しただけでどっと疲れた。生徒たちを見送っていると、「すいません！」と謝りながら駆けてくる陳元喬の姿を見つけた。

「ほら、急げ！」

駆けてきた陳元喬を睨みつけ、そのまま他の生徒たちを追って走った。

長い行列の最後尾につき、好き勝手にしゃべったり、ふざけ合ったりしている生徒たちを注意していると、「李先生、何かいいことありました?」と、陳元喬が場違いな言葉をかけてくる。

「いいこと? なんで?」

「だって、なんか、そんな顔してるから……」

子供の言葉とはいえ、つい、何かあったかなと自分でも考えてしまう。だが、考えてみなくても、いいことなどあるわけがない。一瞬、蛍蛍の顔が浮かんだが、生徒に見透かされるほどいいこともない。

「いいから、ほら、ちゃんと並べ」

陳元喬の背中を押して、自分の前に立たせる。

数日前の夜以来、蛍蛍とは例の話をしていない。ただ、不思議なもので、あれだけ彼女と離れ離れになりたくないと願っているくせに、もしも彼女が望むなら応援してやりたいという気持ちも芽生え始めている。万が一、蛍蛍が成功すれば、心から喜んでやりたい。逆に彼女が失敗しても、心から慰めてやりたい。たぶん、そうできる。でも、これはきっと蛍蛍が言う、この街に必要な「欲」とは別の物だ。

構内に入る手前で、切符のチェックを受け、次々と生徒たちが中へ入っていく。列を乱してふざけ合う生徒たちを、背後から注意する。自分の番が来て、切符を係員に手渡すと、「大変だね」と係員に声をかけられた。

構内に入ると保安検査場がある。それぞれ抱えたリュックやバッグを係員に預け、金属探知機のゲートを通る。カメラを持って通ろうとして、チャイムを鳴らす生徒がいる。二人一緒に通ろうとして、係員に注意される生徒がいる。正直、呆れて注意する気力もない。

ゲートの先には、長いエスカレーターが並んでいた。多くのゲートを抜けてきた乗客たちがエスカレーターの前で立ち往生している。乗客の数の割にエスカレーターが少な過ぎるのだ。

順番が来て、バッグを預けた。預けるとき、みかんの入ったビニール袋をどうしようかと一瞬悩むと、「それは持ってって」と係員の女性が言う。列車の中で食べようと、駅の広場の売店で買ったものだった。まだ少し青いみかんだったが、安かったので十個以上も買ってしまった。

みかんのビニール袋を提げて、ゲートをくぐった。音は鳴らず、係員に背中を押されるようにバッグを受け取る。

バッグを持ち上げようとしたときだった。指先からビニール袋が外れて、中から一個のみかんが転げ落ちた。慌てて拾おうと前に出した爪先が、タイミング悪く落ちたみかんを蹴ってしまう。

勢いをつけたみかんが、エスカレーターの前で立ち往生している乗客たちの脚の間を転がっていく。これだけの脚があるのだから、誰かに踏まれそうなものなのに、ころころと何本もの脚の間をみかんが転がっていく。

灰色の床を転がっていく色鮮やかなみかんは目立った。気がつけば、生徒たちもみんな目でみかんを追っていた。

本当に奇跡的に誰にも踏まれず転がり続けたみかんが、次の瞬間、ころんとエスカレーターに乗る。

「あ」と、どこかで誰かの声がする。

長いエスカレーターに乗ったみかんが、すーっと、何事もなかったように上がっていく。

「……あ、乗っちゃったよ」

横に立っていた陳元喬の言葉に、思わず笑った。見ていた生徒たちも、半分呆れたように、半分驚いたように笑い出す。構内の一角で湧き起こった笑い声に、係員たちの視線が集まる。

「ほら、そこ前に進んで！」

女性の係員が背中を押してくる。「はい、はい」と歩き出しながらも、こみ上げてくる笑いが止まらない。

「乗っちゃったよ……」

陳元喬を真似て、そう呟いた。

（「群像」二〇〇八年一月号）

ストロベリーソウル

苺の花菜《ファチェ》ができたよ、という伯母の声がまた階下から聞こえる。「はい、今、降りていきます！」と、さっき返事をしたつもりなのだが、下まで届かなかったのかもしれない。

夕食後、自室へ戻って、マットに倒れ込んだ。布団が冷たくて、肩をすぼめるようにして眠ったその姿勢のままだった。どれくらい眠っていたのだろうか。数時間眠っていたような気もするが、花菜が今できたのだとすれば、そう時間は経っていないのかもしれない。

薄いマットの下からオンドルの熱が伝わってくる。床の壮版紙《チャンパンジ》の匂いがする。うつ伏せで寝ている胸や腹が火照るように熱い。短い夢の中で、朴《パク》先輩に「そんな所で何やってんだよ？　早く起きて仕事の続きをしろ」と何度も怒鳴られていた。「はい。すぐに」と答えはするのだが、寝ている場所がスケートリンクの上なので、胸や腹が氷にぺったりと張り付いてなかなか動けない。夢の中、痛いほど冷たいと思っていたが、実際は熱かったのだ。

伯母がせっかく作ってくれたのだから降りていった方がいいなという思いと、このまま朝まで眠りたいという気持ちを戦わせながらも、結局、まぶたが重くなってくる。花菜を飲みたいと言ったのは自分だった。しかしそれは伯母が作ってあげたそうな顔をしていたからだ。

薄くて固いマットなのに、ここ数日の仕事の疲れでどんどん体が沈み込んでいく。この沈み込んでいく感覚に恐れをなした意識が、氷の上に寝ているという夢を見させるのかもしれない。

「クァンドン！」

遠くでまた朴先輩が呼んでいる。誰もいなくなったスケート場に、先輩の野太い声が響いている。氷の上から起き上がろうという気持ちはあるのに、どうしても体が動かない。氷は冷たいものだと分かっているのに、頰や胸に触れる氷があたたかくて離れがたい。

先輩の声が遠くなると、次第にスケート場の広さだけが感じられる。高い天井にぶらさがっている照明はぴくりともせず、観客席にまだ落ちている紙コップやトッポギの紙皿も、もう何年もそこに捨てられたままだったように動かない。目を閉じると、氷の音だけがする。いや、氷に音などないのかもしれないが、奥歯を嚙むような音だけがスケートリンクに押しつけた耳に微かに聞こえる。

どれくらい氷の音だけを聞いていたのか、遠くからザッ、ザッ、とスケート靴の刃が氷を蹴る音が近づいてくる。客はすでに全員帰ったはずで、もうすぐ朴先輩がリンクの照明を落とす。照明が落ちれば、窓からの月明かりでリンクは湖のようになる。

ザッ、ザッと更にスケート靴の刃と氷の摩擦音が耳元に近づいてくる。

「営業時間は終わりです。早く退場して下さい！」

注意したいのだが、口が動かない。そのうち滑ってきた誰かが、リンクに寝そべった自分の周りをゆっくりと回り始める。スケート靴が描く円は、一周ごとに小さくなり、手を伸ばせば届きそうな場所から氷が削られる音がする。

「クァンドン」

遠くで誰かの声がする。朴先輩ではない。伯母の声でもない。

「クァンドン」

また違う誰かの声がする。

「頑張って」

重なるように聞こえた声が、両親のものだと分かる。

「頑張れよ」

場内に流れている曲を口ずさみながら、朴先輩がスケート靴を磨いている。たしか車のCMで使われている曲で、サビの部分だけは知っている。曲が流れ始めた時、朴先輩がこの曲を歌っている新人の女性アイドルグループの名前を教えてくれた。しかしアルファベットが並んだだけのグループ名からは、どんな歌手なのか全くイメージが湧かなかった。

平日の午前中、靴置き場から見えるリンクには、ほとんど一般客の姿はないようだった。貸靴の受付カウンターの女性スタッフたちも時間を持て余しているようで、近所に新装開店した定食屋のランチが安くて美味しいとか、木洞《モクトン》駅近くのカフェに低カロリーの野菜ケーキがあるとか、最近、布の切れはしで作るポジャギに凝っているとか、コロコロと話題を変えながら、延々とおしゃべりを続けている。

一般客の姿はほとんどないが、リンクががらんとしているわけではない。今日は月曜日で、七歳までの子供を対象にしたスケート教室が開かれており、昨今のフィギュアスケート人気のせいか生徒数は五十人を優に超え、当然生徒たちの保護者も付き添っているから、リンクや観客席からは賑やかな声が響いている。

「クァンドン、お前、アメリカに住んでたんだってな」

靴を磨く手を止めた朴先輩が、とつぜん思い出したように尋ねてくる。

「はい」と短く答えると、「いいよなぁ、なんで戻ってきたんだよ」と、あまり興味もなさそうにまた訊いてくる。

「別になんでってこともないんですけど……」と言葉を濁した。

「アメリカのどこ？」

「ロサンジェルスです」

「へぇ。すげえな。あの、あれだろ、ハリウッドとか、ビバリーヒルズとか」

朴先輩の言葉に、曖昧《あいまい》に微笑んで応えた。

「へぇ」とまた感心しながら、朴先輩が別の靴を磨き始める。

ロサンジェルスと言っても、実際にはハリウッドにも、ビバリーヒルズにも関係ない場所だった。もっと言えば、十二歳で渡米して三年ちょっと暮らしていたが、ハリウッドにもビバリーヒルズにもただの一度も行ったことはない。

両親が遠縁の親戚を頼って向かった場所は、ロサンジェルスの郊外、ハイウェイのジャンクションの周囲に、数軒のモーテルと巨大なスーパーマーケットがあるだけの、気が抜けてしまうほどがらんとした風景の町だった。

遠縁の親戚は向こうでデリの経営を成功させた一族だった。ロス市内に七店舗もあるという話だった。さらに新しく開店させる予定の一軒を任せたいという話で、両親は渡米を決心した。父が勤めていた印刷工場が倒産した直後で、再就職先を必死に探している頃だった。母はこの降って湧いたような誘いに、素直に喜んだ。元々、明るく社交的な性格だったこともあり、見知らぬ土地への不安よりも期待の方が大きく、まだ行くとも行かないとも決まっていない段階から、親戚や友人たちに報告がてら自慢をし、せっせと英会話の本などを買い込んでいた。最後まで腰が重かったのは父の方だった。息子の目から見ても実直を絵に描いたような男で、毎朝淡々と支度をして仕事へ出かけ、ほぼ決まった時間に帰宅する。たまに家で酒を飲んでも愚痴を言うでも、賑やかになるでもなく、やはり淡々と一人でテレビを眺めながらグラスを傾ける。正直、そんな自分の姿とアメリカという華やかそうな国をうまく結びつけられなかったのだと思う。

三ヵ月ほど、父は悩んでいた。急《せ》かす母をどうにか踏みとどまらせようと、それに見合う再就職先を必死で探していたように思う。しかし結局、母を納得させられる仕事は見つからなかった。

渡米する三日ほど前、小学校で仲の良かったクラスメイトたちがお別れ会を開いてくれた。アメリカ行きを羨む者もいれば、アメリカの悪口を言う者もいて、正直みんなの前で自分がどういう顔をしていればいいのか分からなかった。新天地での新しい生活が始まるのだと素直に喜ぶには、父の表情は暗く、きっとこれから友人たちとも会えない寂しい日々が続くのだと思うには、母の表情が明る過ぎた。

出発の前の日に、一番仲の良かったテウンが一人で会いに来てくれた。家も近く幼なじみで、同じサッカーチームに所属もしていた。

会いにきたテウンは何も言わなかった。玄関先でかなり長い間、お互いに別れの言葉を相手が言い出すのを待っていたのだと思う。しかし互いに何を言えばいいのか分からない。結局テウンは一言だけ、「がんばって、成功しろよ」と言った。そう言って、声も出さずに泣き出した。

成功。渡米が決まった頃から、両親を含む大人たちの間で頻繁に使われるようになっていた言葉だった。

その日、テウンを団地の外れまで見送った。泣き出してしまったことが恥ずかしかったのか、テウンは最後まで機嫌が悪く、並んで歩こうとすると、わざと溝の縁を歩き出し、そのあとを追おうとすると、ピョンと歩道へ降りてしまった。別れ際、「バイバイ」と何度も手を振った。しかしテウンは一度も振り返らずに行ってしまった。
アメリカでの三年ちょっとの生活をどのような気持ちで送っていたのかと、もし誰かに問われたら、たぶんこの日テウンと別れた時の気持ちのまま、ずっと過ごしていたと答えるのではないかと思う。

約束されていた父の仕事がなかったことは、渡米してすぐに判明した。もちろん騙されたわけではなくて、父に任せるはずだった八店舗目の店が、見込み違いの資金繰りなどのせいでなかなか開店しなかったのだ。

結局、両親は他の家族がオーナーとして仕切っている店舗で下働きのような仕事をさせられた。給料はきちんともらえたが、それは当初打診されていた額よりも遥かに低く、見知らぬ土地での生活は最初から汲々《きゅうきゅう》とした。それでも父は「仕事があるだけいいじゃないか」と半ば諦め、「話が違うじゃありませんか」と、毎日のように遠縁の親戚宅へ電話をかける母を慰めていた。

当然、夫婦仲は険悪になった。母が風呂場で泣いている姿や、普段感情を露《あらわ》にすることのない父が人知れずベッドを殴っている姿を何度も目にしていたから、そんな二人を前に自分の悩み事など飲み込んでしまうほかなかった。

一日中、まったく言葉の分からない世界に身を置く。毎朝、スクールバスに乗り込み、何を話しているか分からない同級生たちの笑い声を聞き、何が書かれているのか分からない黒板を眺める。もちろん韓国語を話すカウンセラーの先生は熱心に面倒を見てくれた。しかし一日のほとんどは自分だけが耳や口を塞がれたような状態で過ごさなければならない。転入当初は面白がって話しかけてきたクラスメイトたちも、面白い話を手振り身振りで回りくどく説明するのはすぐに面倒になる。気がつけば、教室でも、食堂でも、一人でいるのが当たり前の生徒として、みんなから見られるようになっていた。寂しいというのではなかった。ただ、聞こえてくる未知の言葉と同じように訳が分からなかっただけだ。自分の気持ちを言葉にしても、それが誰にも理解されない。そのうち、理解されないのは、言葉ではなく、自分の気持ちの方なのではないかと考えている自分がいた。

両親は三年間、息子の目から見ても本当によく頑張っていた。しかしいくら頑張ってもどうにもならないことはある。生活を少しでも手助けしようと、学校が終わると近所のレストランで皿洗いのバイトもした。でも微々たるバイト代を稼いだところで、親子三人の暮らしが劇的に好転するわけでもない。

「お前だけ韓国に戻ってくれないか」

初めて父にそう言われた時、父の目は涙で潤んでいた。

「……お父さんたちはもうちょっとこっちで頑張る。そして、いつか自分の店を持った時にお前を堂々と呼び戻すから」

父が泣くのを見たのは、この時が初めてだった。テウンに泣かれた時と同じだった。自分は残りたいと言えば涙を止められるのか、それとも自分は向こうで頑張ると言えばいいのか混乱した。

「クァンドン！　そこ終わったら、先に観客席のゴミ集めてきてくれよ。こっちは俺が一人でやるから」

売店前のゴミ箱に新しいポリ袋をかけていると、背後から朴先輩の声が聞こえた。

「はい！　ここ終わったら向かいます！」

返事はしたが、朴先輩はスケート靴を返却する客の対応に忙しいらしく、もうこちらを見ていない。売店前のゴミ箱から出したポリ袋を結び、両手に持ってゴミ置き場へ運んでいく。

スケート場の一般営業が終了すると、併設されたゲームセンターや売店などの掃除を始める。スケートリンクで声を上げて楽しんでいたカップルや家族連れの客たちが、リンクを降りた途端に重くなるスケート靴でよちよちとロッカー室へ歩いていく。靴の重みと相まって、遊び疲れた彼らの口は重く、ベンチに腰かけ長い靴ひもをほどく時もほとんど話し声はしない。

そんな彼らと入れ替わるように、平日の営業時間後、リンクに颯爽と滑り出していくのが、スケート教室の上級者クラスの生徒たちで、慣れた足取りでリンクへ向かい、一歩リンクへ踏み出すと、風を受けるようにほつれ毛を揺らして滑り出していく。営業用のBGMがなくなるせいもあるが、高い天井にスケート靴の刃が氷を削る音だけがシャー、シャーッと響く。

この上級者クラスの生徒数はさほど多くない。いつも着膨れしているコーチはアジア系カナダ人女性で、生徒がジャンプに失敗したり、やる気なさそうにスピンをすると、覚えたてのへんてこな韓国語で怒鳴る。正直、何を言っているのか分からないのだが、生徒たちには聞き取れるらしく、怒鳴られるたびにシャーッとコーチの元へ近寄って説教に耳を傾ける。

朴先輩の話によれば、このクラスに通っている生徒たちは、国内大会でもだいたい二十位から三十位辺りに入る選手たちで、オリンピックの代表選手になるキム・ヨナのような選手たちが国内一軍であれば、二軍、もしくは三軍辺りの選手たちらしい。

とはいえ、長い髪を一つにまとめ、体にぴったりとフィットした練習着で広いリンクを滑る姿は、場内の清掃員でしかない素人の目にも、そのジャンプ、スピンと、まさに神々しく映る。

ここで働き始めてすでに半年になるが、初めて彼女たちの練習風景を見た時のことは未だに鮮明に覚えている。ちょうど朴先輩に掃除の手順を教わっている最中で、そのあまりの迫力に手にしていたモップを思わず床に落としてしまった。指先だけではなく、全身から力が抜けていくような感覚だった。

生まれて初めてみる光景に、朴先輩の声も無視して見蕩《みと》れていた。気がつけば、観客席の階段を下り、リンクの手すりから乗り出すような姿勢になっていた。「おい、何やってんだよ」という朴先輩の声も遠かった。

赤い練習着を身につけた少女がもの凄いスピードでこちらへ滑ってきたのはその時だった。少女はとても生真面目な顔で、そのまま塀にぶつかるのではないかというスピードで近づいてくる。次の瞬間、少女の足が氷を蹴り、高く跳び上がる。実際にはさほど高くもないだろうが、至近距離でみたその高さは思わず見上げてしまうほどに感じられた。しかし跳び上がった少女がバランスを崩すのがはっきりと分かった。それでも回転しようと肩を回す。バランスを崩した体はそのまま傾いて氷の上に打ちつけられた。

スケート靴の刃が氷を叩き、打ちつけられた太腿がバチンと鈍い音を立てた。あまりにも一瞬のことで、声も上げられなかった。

　足を広げた無様な格好で、少女がこちらへ滑ってくる。手をついて止まろうとするのだが、体は虚しく氷の上を滑る。結局、低い壁の向こうにドシンとぶつかった。摑んでいた手すりに、彼女がぶつかった衝撃が伝わった。視界から消えた彼女を見下ろすように、塀の上から顔を出した。ぶつけたらしい肩を摩《さす》りながら、そこに彼女が蹲《うずくま》っている。思わず、「大丈夫ですか？」と声をかけようとしたのだが、彼女は何事もなかったように立ち上がろうとする。転倒することなど珍しくもないのか、彼女を見ている者もいない。

　立ち上がりかけた彼女がちらっとこっちを見たのはその時だった。見てはいけないものを見てしまったような気がして、すぐに目を逸らそうとしたのだが、その一瞬、彼女が微笑んだ。照れくさそうに微笑んで、「踏み切り、間違えちゃった」と早口で言ったのだ。

「……あ、うん」

　思わず彼女の言葉に頷いてしまった。

　咄嗟のこととはいえ、見ず知らずの清掃員に言い訳したことに気づいた彼女の頬も見る見る赤くなっていく。

立ち上がった彼女は逃げるように滑っていった。尻についた氷を払うこともなく。

「ジウォン！　左手、抑えて！　体重、内側、ダメ！」

カナダ人コーチの叱責がリンクに響いている。「ジウォン」という名前に反応して、掃除の手を休め、すぐに振り返った。

いつものように赤い練習着を着た少女が、コーチの指示に従って、改めて滑り出し、後方に足を伸ばした姿勢でゆっくりとリンク上に円を描く。

「違う！　顔、もっと上！」

傍目《はため》には美しいスパイラルに見えるが、コーチには納得できないらしい。

単語の羅列とはいえ、コーチの韓国語は決して上手くないので、初めて耳にする人にはこの中年女性が何を怒っているのか分からないはずだが、半年間こうやって清掃作業をしながら練習を眺めていると、ほとんど教室の生徒と同じようにその内容が分かる。その上、最近ではフィギュアスケートの本まで買い込んで、ぼんやりと眺めたりしているので、コーチの言葉に混じっている専門用語も、なんとなく分かるようになってきた。

場内の時計はすでに八時を回っている。練習も終わりに近くなり、二時間以上滑り続けていた生徒たちの頬は赤く、漏れる息も一段と白く見える。

掃除も一段落したので、モップの柄に顎をつけて、観客席の椅子に腰を降ろした。体を動かさずにいると、ほんの数秒で指先が冷たくなってくる。痺《しび》れてきた指先に息を吹きかける。皮膚の表面が熱く湿り、またすぐに冷たくなる。

「あの娘、ちょっと見ないうちに、すげえ胸大きくなってないか？」

とつぜん聞こえてきた声に、思わずビクッと背筋を伸ばした。振り返ると、狭い階段をイカの串焼きを齧りながら朴先輩が下りてくる。

「え？」

誰のことを言っているのかはすぐに分かったが、敢えて気づかないふりをした。

「ほら、あの娘だよ。赤い服着てる」

横に座った朴先輩もまた、ただ黙ってリンクに目を向ける。

「そうですか？」

「そうですかって……、お前、暇さえあればこうやって眺めてるくせに気づいてなかったのかよ」

「別に、そういう所を見てるわけじゃないですから」

「アハハ、よく言うよ。じゃ、何、見てんだよ」

呆れたように朴先輩が笑った次の瞬間、赤い服の少女がジャンプした。しかしやはり空中でバランスを崩し、うまく回転できずに着氷してしまう。

「ほらな、胸がやたらとデカくなったからバランス悪いんだよ」と、朴先輩がまた笑う。

実際、そうなのかもしれなかった。この半年、練習を眺めているが、まだ小学校低学年の女の子たちが驚くほど早く上達しているのに比べて、ジウォン、この赤い服の少女だけは初めて見た時からさほど技術が進歩しているようには思えない。もっと言えば、他の少女たちの靴は日に日に軽くなっていくのに、彼女の靴だけが練習をすればするほど重くなっているのではないかとさえ思えてくる。

結局、練習をやめてリンクを降りた彼女がロッカー室へ向かう背中を眺めていると、「食うか？　売店の余りもんだよ。冷えてて美味くねえけど」と朴先輩が食べかけの串焼きを顔の前に突き出してきた。

半分齧られたあとのあるイカ焼きを受け取ると、串にべっとりとついたタレが指先から垂れてくる。袖につかないように慌てて舐めた。甘ったるい味が舌にこびりつく。

タレがついた指を一本一本舐めながら、朴先輩が立ち上がり、「練習終わったみたいだな。すぐにカート乗せるから、ゲート開いとけよ」と言う。

冷えたイカ焼きに齧りつき、「はい」と答えた。

清掃カートを入れるためにゲートを開け、機械室へ向かった。背中に朴先輩が運転するカートがリンクに入ってくる音がする。

靴の着脱所を抜けて、狭い廊下へのドアを開けようとすると、逆に内側からドアが開く。慌ててドアから飛び退けば、ジウォン、赤い服の少女が驚いたように立っていた。

「あ、ごめんなさい」

閉まりかけたドアを慌てて押さえた。すでに私服に着替えているジウォンも慌てた様子でドアの隙間を出てくる。なるべく目を合わせないように俯《うつむ》いていると、歩き出そうとしたジウォンが、「あの」と足を止める。

「あの、……リンクに」

そこで言葉を切る。

「……あ、いいんです。ごめんなさい」

ジウォンが結局そう言って歩き出す。その背中に声をかけようとするが、うまく口が動かない。

ジウォンは手すりまで行くと、朴先輩がカートで走り回っているリンクを眺め始めた。中へ入りたいのだが、シューズも履いていないし、清掃中だし、と、迷っているらしかった。

どうしたんですか？　とこちらが一言声をかけてやれば、彼女はすぐにでも振り向いて話し出しそうだった。しかしその一言がうまく口にできない。押さえたドアから手を放すこともできない。ドアの隙間から暖房で暖まった廊下の空気が流れ出してくる。ドアを押さえたかじかんだ指が、その温かい風にピリピリする。

「あの、どうかしましたか？」

「いえ、なんでもないんです」

「落とし物か何かですか？　言って下さい、僕、探しますから」

「あの、練習中にペンダントを落としたみたいで。……あ、いえ、もしかしたら今日はつけてこなかったのかもしれないし、うちにあるかもしれないので……」

「雪の結晶の形をしたペンダントですよね？」

「え、ええ。そうですけど、でもどうして……」

「探してみます」

「え、でも……」

「探します。大丈夫、見つかりますよ」

スケート場から伯母の家までの風景は、まるで二つの町を同時に歩いているような気持ちにさせられる。

漢江《ハンガン》へ通じる大通りを境にして南北に分かれているのだが、北側は再開発され、高層マンションが建ち並ぶ地区で、逆に南側には未だに古い家が身を寄せ合うように建ち並んでいる。

高層マンションが建ち並ぶ北側の道路は大きく、逆に南側には路地が張り巡らされている。飲食店もまた様子が違い、カルビ、サムギョプサル、冷麵、扱っている料理はほとんど同じなのに、北側にある店舗は内装も現代的で、店の入口には小さく洒落たプレートがあるだけなのに対し、南側の路地に並ぶ店舗は、入口よりも大きな看板が店舗自体を押し潰すように並んでいる。

この大通りを歩いていると、自分たち家族がどちらの町を飛び出してアメリカへ行ったのか分からなくなる。路地が張り巡らされた南側に見切りをつけたのか。それとも高層マンションが建ち並ぶ北側の侵食から逃れようとしたのか。

伯母の家は古い南側にある。大通りからバスも通れないような路地に入り、老夫婦がやっている小さな雑貨店の角を曲がった二軒目、一応一戸建てだが、古い家なのでその壁は隣の家とくっついている。

一階に居間と台所と浴室があり、二階に二間。決して広くないこの家は、元々母の実家だったのだが、祖父母が他界したあと、高校の数学教師をしている伯母が一人で暮らしていた。アメリカから一人で戻った時、伯母は、「何かと物騒だから、クァンドンがいてくれた方が助かるのよ」と、甥の同居を喜んでくれた。自身が一度も結婚したことがなく、幼い頃から我が子のように可愛がってもらっていた記憶はあったが、同居を始めてからも食事の世話はもちろん、逆にこちらが申し訳なくなるほど面倒をみてくれる。

雑貨店の角を曲がると、路地の向こうに青い月が浮かんでいた。月に見下ろされるように玄関を開けた。開けた途端にテレビの音が居間から聞こえる。バラエティ番組が流れているらしく、笑い声と共に、若い女性たちのヒューヒューと囃し立てる声がする。

「ただいま」と居間に声をかけると、「おかえり」と男の声がする。

「ここに晩飯あるぞ」と続けて男が言うので、「はい」と応えて中へ入った。

大音量のテレビの音が狭い居間に響いている。男は床にあぐらをかき、焼酎を呷《あお》っている。すでにかなり飲んでいるようで顔が赤い。

テーブルに食事の準備がしてあったので、男の横に座った。

「腹減っただろ？」と男に訊かれ、「はい」と短く答える。

箸を持つと、浴室から伯母が出てくる。

「お帰り。遅かったわね」

「すいません、ちょっと仕事が長引いて」

「あ、そうそう。さっきお母さんから電話あったわよ。寝る前にかけ直しなさいよ」

伯母が髪を拭きながら言う。テレビの音が大きいので、自然と大声になる。

「アメリカは今何時ごろだ？」

伯母の言葉に男が尋ねる。

「今？　十七時間引くから、朝の四時くらいかしら。いつもこっちが寝る前にかけてくるのよ」

時差を計算する伯母の言葉を聞くだけで、向こうでの生活が思い出される。朝の四時、母はもう起きて朝食の準備をしているに違いない。

ひと月ほど前から男が同居するようになって、伯母は二階の寝室ではなく、この居間で男と寝るようになった。伯母がきちんと説明してくれないので、自動車販売店で働いているという以外、男の素性はよく分からない。だが、夜中に漏れ聞こえてくる二人の話によれば、男には別れた妻と子供があるらしい。

伯母と男の関係が、男の離婚前からだったのか、離婚後に始まったのかも分からない。しかし、伯母が男と結婚したがっているのは傍目にも分かる。

男の同居について伯母に相談された時、「クァンドンが嫌なら断るからね」と言われた。今、思えば、伯母も迷っていたような気がする。もしかすると、同居している甥の答えに自分の将来を賭けてみたのかもしれない。

もちろん反対できる立場ではなかったから、「大丈夫です」と答えた。しばらくアメリカの二人には内緒にしておいてくれ、と言われたので、未だに両親には話していない。

男は酒さえ飲まなければ大人しい人で、朝は決まった時間に出かけるが、帰宅時間は日によって違う。客の接待が多いらしく、ほとんど飲んで帰宅するのだが、ひどく酔った日には雑貨店の角を曲がった辺りから男の怒声が聞こえることもある。

一度だけ酔った男が二階に上がってきたことがあった。たまたま伯母が学校の行事でまだ帰宅していなかった夜で、乱暴にドアを開けるなり、「ソニョンは？」と怒鳴られた。

「まだ戻ってません」と答えたのだが、男はずかずかと部屋に入り込み、布団の上にあぐらをかいた。

男はとつぜん「握手をしよう」と腕を出してきた。酔っているのだろうと思い、「いいですよ」と断ったのだが、男は無理やりこっちの手を取り、「これから一緒に暮らしてくんだ。挨拶だよ、挨拶」と言って、骨が折れるほどの力で握ってきた。男の手は白く肉厚で、指紋などないのではないかというほどすべすべしていた。気持ち悪くて必死に手を振り払おうとしたのだが、体格のいい男の力にはかなわなかった。

テレビを見て笑っている男の隣で食事を済ませ、風呂に入ってからアメリカに電話をかけた。向こうはまだ朝の五時ごろだったが、電話に出た母は、「あら、もうちょっと早かったら、お父さんもいたのに」と言った。

「伯母さんとうまくやってる？」

母の声に、「うん」と頷く。

「伯母さんから聞いたけど、あなたまだ夜間学校への転入届出してないんですって？」

「……出すよ」

「タイミング悪くて、一年遅れるけど勉強なんていつ始めたって、努力次第なんだから」

「分かってるよ」

「夜間学校に入っても、今の仕事続けられるんでしょ？」

「うん」

母がそろそろ仕事に出かける時間だということは分かっていたが、もう少しだけ話をしていたかった。

「もしもし」と声をかけると、「何？」と母の優しい声が聞こえてくる。

「俺、一人暮らししようかと思ってるんだけど」

「え？」

「だから、ここを出て」

「な、なんで？　伯母さんと喧嘩でもしたの？」

「いや、そうじゃないけど」

「じゃあ、何よ、急に」

「俺、学校には行かずに、今のところでちゃんと働きたいんだ」

「今のところって、スケート場？」

「社員になれば、いろいろ手当も……」

「ちょっと待ちなさいよ。お母さんもお父さんもあなたを学校に通わせたくて、寂しい思いしてるのよ」

「わ、分かってるよ。でも……」

「お願い。ちゃんと学校に行って」

「……わ、分かった」

「お願い。ちゃんと約束して」

「分かったって」

「約束して」

「分かった。約束します」

階下からテレビの音が聞こえてくる。男が笑っている。さっき見た青い月がゆっくりと路地に降りてくるような気配がして、慌てて窓の方へ目を向けてみるが、もちろん月は夜空に浮かんでいる。

「ほんとにすいません。一緒に探してもらって」

「リンク広いから、一人で探すより、二人で探した方が……」

「でも、ほんとにここで落としたのかどうかも分からなくて」

「大事なものなんですか？」

「え？」

「いや、……そのペンダント」

「誕生日に両親からプレゼントしてもらって」

「……氷の上って、けっこう傷ついてて分かりづらいですね」

「削れた部分が、何か落ちてるように見えますよね？　……あの、手、寒くないですか？」

「手？」

「だって手袋はめてないし」

「慣れてるから」

「あの、もしよかったら私の……」

「い、いいです。俺、手、大きいから」

「ちょっと訊いていいですか？　学校、行ってないんですか？」

「アメリカにいたから。……でも、来期から夜間学校に通うんです」

「そうなんですか。いいなぁ、アメリカ」

「……別によくないです」

「え？」

「いや、なんでもないです。……あ、あの、がんばって下さい」

「え？」

「今度、発表会があるんでしょ？」

「あ、ああ。なんで知ってるんですか？」

「この前、そんな話が聞こえたから」

「でも、いつも私たちの練習見てるから知ってるでしょ？」

「何を？」

「私が上手くないの」

「でも、三回に一回は跳べてますよ」

「それって三回転のこと？」

「……成功させて下さい」

「え？」

「だから、その三回転ジャンプ」

「無理ですよ」

「がんばってよ」

「……分かった。がんばってみます」


朴先輩が来春結婚するというフィアンセを携帯電話の画像で見せてくれた。写真は先月二人で日本の温泉に旅行に行った時のもので、色違いの浴衣を着た二人が、足湯に浸かっているものだった。


「美人だろ？」

「はい、美人ですね」

「この写真はあんまり愛嬌ないんだけど、いつもはニコニコ笑っててさ」


なぜか生真面目な表情でレンズを見つめている彼女の表情からも、いつもはニコニコしているという笑顔が想像できた。

朴先輩と彼女はこのスケート場で知り合ったらしい。彼女を見かけた朴先輩がかなり強引にデートに誘い、その時はフラれたのだが、先輩が言うところの運命なのか、数週間後、地下鉄の明洞《ミョンドン》駅で偶然再会したという。

朴先輩ののろけ話を聞いていると、一般客がいなくなったリンクに上級者クラスの生徒たちがちらほらと姿を現し始めた。いつもならそろそろ出てきてもよさそうなのだが、今夜に限ってジウォンの姿が見えない。

「あ、そう言えば、お前、スケートリンクの張り替えって経験ないよな？」

リンクに気を取られていると、携帯をポケットにしまった朴先輩が唐突に言う。

「張り替えですか？」

「まぁ、もうちょっと先の話だけどな。なんだかんだで一ヵ月くらいかかるんだよ」

「一ヵ月も？」

「そう。その間はここも休業」

ロッカー室の方から最後の生徒たちが、コーチに尻を叩かれながらやってくる。なるべく自然なふりをして確かめてみるが、やはりジウォンの姿がない。

「さ、そろそろ作業始めるか？」

朴先輩が背中を叩く。

「あ、はい」

歩き出した朴先輩に、「あの、氷の張り替えって、水を張って、それを凍らせるってことですか？」と至極当たり前のことを訊いた。

振り返った朴先輩が答える必要もないとばかりに、「他にどういうやり方があるんだよ?」と苦笑する。

結局、この日、ジウォンは最後まで練習に姿を見せなかった。ジウォン一人がいなくても、練習はいつもと同じように始まり、いつもと同じように流れていった。まるでジウォンなど最初からここにいなかったように。


ジウォンのいない上級者クラスの練習は、次の週も、また次の週も続いた。ジウォンがいないうちに他の生徒たちは、見る見る上達していく。以前はジャンプするだけで精一杯だった生徒も、今では着地の際に優雅に手を広げて見せる。いない間にみんなが上手くなっていることをジウォンに知らせたかった。いない間に忘れ去られていくことを早くジウォンに知らせたかった。

練習が終わるのを待って、ロッカー室へ向かう生徒たちに声をかけたのは、ジウォンの姿を見なくなってひと月以上経ったころだった。

いつものように清掃作業をしながら、最後のグループがリンクを出るのを待った。最後までリンクに残っていたのは、特にジウォンと仲が良さそうだった三人組で、ロッカー室へ入るギリギリの所で追いついた。

「あの」と声をかけると、三人が同時に振り返る。

一番背の高い子は、こちらが手にしているモップを見た。

「あの、ジウォンさんは……」

自分でも声がひどく震えているのが分かった。

「ジウォン？」

ショートカットの子が訊き返し、横に立つ二人と交互に目を合わせる。

「あ、はい。ジウォンさんは……」

三人がひどく怪訝そうな顔をする。

「最近、練習に来ないから……」

最初に口を開いたのはショートカットの子だった。

「ジウォンと知り合いなんですか？」

「あ、いえ……。そういうわけじゃな……」

「ジウォンなら辞めましたけど」

教えてくれたのは、一番大人しそうな丸顔の子だった。

「辞めた？」

「ええ」

「あ、あの、どうして?」

こちらの質問にまた三人が怪訝そうに顔を見合わせる。

ロッカー室のドアは開いたままだった。中から、「どうしたの?」というコーチの声が聞こえる。

「あ、すいません、いいです……」

慌ててその場を立ち去った。その背中に、「誰かさんが、いつもじっと見てるから嫌になったんじゃない」という笑い声が聞こえた。一番背の高い子の声だった。すぐに他の二人が、「やめなよ」と慌てて止める声がする。

振り返れなかった。廊下の角を曲がった辺りで、ロッカー室のドアが閉まる音が聞こえた。恥ずかしさで首がひどく熱かった。

階下から伯母と男の口論が聞こえる。

途切れ途切れに届く言葉を繋ぎ合わせてみれば、甥っ子をいつまでここに置いておくつもりかと尋ねる男に、伯母が何か応え、いつになったらきちんと籍を入れるつもりかと反論する伯母に、男が何か応えているらしい。

一応、気を遣っているらしく、二人は声を押し殺して口論している。しかし犬の遠吠えが聞こえてくるような静かな夜に、二人の押し殺した声は狭い家の中に不気味なほどこもる。

二人の声に起こされるまで、どれくらい眠っていたのだろうか。オンドルのスイッチを入れ忘れて眠ったようで、布団から出た顔が痛いほど冷たく、なぜかひどく喉が渇く。試しに唾を飲み込んでみるが、渇きは癒えない。台所に水を飲みに行くには、寝ている二人を跨《また》がなければならない。行けないと思えば思うほど、喉の渇きは激しくなる。

無理にでも寝ようと目を閉じていると、さっき二階へ上がってくる時に苺を持ってきたことを思い出した。今夜はいつになく気温が下がっているようで、氷点下の窓の外で街が凍っていくような音がする。ギリギリと締めつけられるように、道路が、電線が、無断駐車されたバイクが凍っていくような音がする。

布団の中から手を出して、枕元の苺を探した。出した途端に、冷気が布団の中に流れ込んでくる。

伸ばした指先は上手い具合に苺のパックに触れた。しかし寝る前に食べてしまったのか、パックの中に苺がない。

喉が渇く。眠れないほど喉が渇く。

服を着込んで、足音を立てないように階段を下りる。伯母たちはすでに眠ってしまったようで、ドアの向こうからは二人の寝息が微かに聞こえる。

息を潜めて玄関を開け、ドアの隙間をすり抜けた。外の寒さは尋常ではなく、氷のように頬や首筋に張りついてくる。

行くあてなどないのだが、とりあえずコンビニを目指して歩き出した。霜柱を踏みつけながら、青い夜の街を歩き出す。

角を曲がるが、なぜかコンビニに明かりがついていない。真っ暗な店舗の棚に商品はぎっしりとつまっているのに、いくらジャンプしても自動ドアが開かない。

「……成功させて下さい」

「え？」

「だから、その三回転ジャンプ」

「無理ですよ」

「がんばってよ」

「……分かった。がんばってみます」

蘇ってくるジウォンの声に、「約束したじゃないか！」「がんばるって言ったじゃないか！」という自分の声が重なってくる。しかしいくら責め立てても、ジウォンはもう一度、がんばってみるとは言ってくれない。

気がつけば、空車のタクシーだけが走り去っていく大通りをスケート場に向かって歩いていた。手袋をはめてポケットに突っ込んでいるのに、指先が痛いほど冷たい。

再開発された地区を抜けて、スケート場の前に立った。真っ暗な建物は不機嫌そうに、漢江からの寒風を受けている。

売店に行けば、飲み物がある。

従業員通用口を合鍵で開けて中へ入る。長い廊下を非常口のライトがスケートリンクの方へ伸びている。

音を立てないように廊下を進む。狭い廊下を抜けると、とつぜん視界が開ける。真っ暗なスケートリンクが湖のように広がっている。

恐る恐る片方の足を氷の上に乗せてみた。汚れたスニーカーが踏んだ場所のすぐ先に、苺が一粒埋まっている。氷の中の苺は、市場で買った時よりも色が鮮やかになっている。

転ばないように、もう片方の足も氷の上に置いた。足を滑らせ、少しずつ前に出る。そこにも苺が埋まっている。

一列に並んだ苺を追って、何度も転倒しながら前へ進む。リンクの中央までやってきた時には四つん這いになっていた。

「……ジウォン」

氷に埋まっている彼女は目を覚まさない。手袋を外し、必死に氷を溶かそうとするが、いくら擦ってもジウォンの頬には届かない。一ヵ月もかけて固めた氷は分厚くて、殴っても小さな罅《ひび》さえ入らない。

（「群像」二〇一〇年三月号）

東京花火

ふと思う。東京とは、一体どこにあるのだろうかと。

もちろん四十七都道府県の一つで、日本の首都。地図を広げられれば、「ここが東京です」と自信を持って指は差せる。

ただ、「やっぱり東京はいいよ」とか「考えてみれば東京に出てきて、もう〇年になるんだなぁ」と口にする時の東京が、決して地図に赤い首都マークのついた場所ではないことだけは分かるのだ。とすれば、その東京はどこにあるのか。歩き回っていれば、いつか見つかるのか。それとも、そんな場所、初めからどこにもないのか。

なるべく吊り革にふれないように両脚を踏ん張っていた白瀬の目に、東京湾の夕景が飛び込んでくる。東京駅の地下ホームを発車した京葉線は、さっき長いトンネルを抜けたあと、ここ新木場駅で東京湾にぶつかった。

夕景に目を奪われたせいでバランスを崩した白瀬は、結局吊り革にふれていた。横に立つ部下の藤井も上司のちょっとしたチャレンジに気づいていたらしく、「残念でしたぁ……」とばかりに苦笑して、「でも、今日は特別きれいですよね」と窓外を見る。

「東京で初めて暮らしたのがこの辺だったんだよ、十八の頃」

帰りの電車が一緒になるのは初めてではなかったが、今日に限って白瀬はそんな話を藤井にした。さっきまで頭の中で東京探しをしていたからだろうか。

「この辺って人住めるんですね。夢の島公園と倉庫しかないと思ってました」

「正確にはもうちょっと西側。辰巳団地の方だったけど、でも自転車でよくこの辺まで来てたんだよ」

「じゃあ、この辺が白瀬さんのスタート地点ですね、東京暮らしの」

大げさな藤井の言葉が照れくさい。

「地元から様子を見にきた親父なんて、『ここ、本当に東京なのか？』って目丸めてたけどな」

東京のゴミで埋め立てられた倉庫街。道幅は広く、信号もない。自転車で飛ばすと清々した。高村光太郎の「東京に空が無い」という詩ではないが、初めて暮らした東京には空しかなかった。

次の駅で降りる藤井が、「お疲れ様でした」とドアの方に行きかけ、「辰巳でもオリンピック競技やりますよね？」と振り返る。

「やるな。水泳とか水球とか」

「白瀬さん、何か観《み》に行く予定あったんですか、オリンピック」

「いや、別に。藤井は？」

「大学時代のサークル仲間でボランティアやるつもりだったんですけど、結局みんなで辞退しちゃいました。なんかそういう雰囲気でもなくなっちゃったし」

電車を降りた藤井の背中を見送り、白瀬は再び東京湾の景色を眺めようとして、ふと車内を見渡した。

座席は全部埋まっているが、四度目の緊急事態宣言下ということもあり、乗客は少ない。この人たちの中にもオリンピックの観戦に行く予定だった人がいるのだろうかとふと思う。たとえば幸運にも開会式や閉会式のチケットが当たっていたり、陸上100Mの決勝を国立競技場で見られるはずだった人が。

しばらく眺めてみるが、乗客たちの様子はいつもと変わらない。そこにはオリンピック開催都市の興奮も特になければ、逆に完全無観客開催となった落胆もなく、いつものようにみんな少し疲れているようで、でもよく見れば、その顔には一日の仕事を終えたちょっとした解放感もある。

白瀬は胸ポケットからメモ帳を出すと、〈年老いた灰色のライオンは〉と書いた。そして、〈乗客たちの足元で眠る〉と続ける。ただ、書いてすぐにこの〈年老いた灰色のライオン〉という表現が、先月観たミュージカル映画の中のセリフだと思い出し、「やっぱ、俺、才能ないな」と苦笑しながら棒線で消す。

~~年老いた灰色のライオン~~

しかし消されたライオンの下に、なんとなく〈父の葬儀〉と書き加える。

長患いしていた父の病状がいよいよ悪くなったのが昨年の春、東京に初めて出された緊急事態宣言の時だった。

父危篤となれば、当然すぐに帰省するのだが、親戚の誰に入れ知恵されたのか、母から「時期が時期だから、戻るのはちょっと様子をみて」と待たされているうちに、父は享年七十八の生涯を終えたのだ。

部下の藤井が無断欠勤したのは、この翌日だった。休日出勤の日だったため、単に忘れているのかもしれないと午前中は笑い話にしていたのだが、午後になっても連絡がつかなかった。

「本当に昨日、帰りの電車で藤井くんに変わったところなかったんですか？」

部下や同僚たちに詰め寄られ、「だから、オリンピックの話をちょっとして、『お疲れ様でした』って」と白瀬は繰り返した。何か予兆があったとはどうしても思えない。

結局、休暇中の総務課長に電話で相談することになった。白瀬としては帰り道に藤井のアパートを訪ねるつもりだったのだが、関係は良好ですと説明したにもかかわらず、「こういう場合は直属の上司の方は接触できませんので」と冷たく却下された。

藤井を心配して集まる部下たちの中に、宮本という彼の同期もいた。

「宮本さん、藤井くんと親しいんだっけ？」と白瀬が尋ねると、「いえ、親しいってほどじゃ。でも、たまたま大学が同じで」と心もとない。

「何か聞いてない？」

「いえ、私は何も……」

宮本は小柄な女性で、壁時計を振り返った時にそのうなじが見えた。首筋から背骨に沿って薄ら生えた産毛がどこか子供っぽい。

「藤井くん、家にいるんでしょうか？　それともどっかに行っちゃったんですかね。

明日のオリンピックの開会式、どこで見るんだろ」

独り言のように呟く宮本に、「藤井と開会式の話したの?」と白瀬は尋ねた。

「いえ」

「でも、今、宮本さんが……」

「ああ。……でも、こういう大きなイベントの時って、あの時はどこで誰とどうしてたとか、ずっと後になっても話すじゃないですか。震災の時とかも。……あ、もちろん震災とオリンピックを一緒にしちゃダメですけど」

本人は真剣なのだろうが、話す内容がどこか能天気というか素朴すぎて、無断欠勤している藤井のことも、なんとなく大丈夫なんじゃないかと思えてくる。


東京湾沿岸の街がどこもそうであるように、藤井が暮らす街もまた埋立地の開けた景色の中、まっすぐに伸びた道路をダンプカーが行き交い、その先では目隠しのように高速湾岸線の高架が肝心の東京湾を塞いでいた。

祝日の今日、白瀬は夕方になって家を出てきた。妻が急な仕事でおらず、ならば近くの日帰り温泉にでも行って、宣言下で風呂上がりのビールも飲めないが、そこで夕食も済ませようと思ったのだ。

やはり藤井のアパートに行ってみようと思い立ったのは、その日帰り温泉の岩風呂に浸っている時だった。

白瀬は藤井の部屋の前でもう一度チャイムを押すかどうか迷った末に、結局ドアを離れた。そのまま近くのコンビニに寄り、アイスコーヒーを買う。暑さとトラックの排気ガスと潮風で、せっかくの風呂上がりの体もすでに汗でベトベトだった。

ダンプカーが行き交う通りでキョロキョロしている宮本を見つけたのは、白瀬がコーヒーマシンを操作している時だった。

「宮本さん！」

思わず外へ飛び出ると、気づいた宮本も驚いたように駆け寄ってくる。

「宮本さんも、藤井の所に？」

そう尋ねた瞬間、二人が付き合っているのではないかと思ったが、「初めてこの辺に来たので迷っちゃって」と汗だくで答える彼女の言葉に嘘はないようだった。

「俺も総務には内緒で来てみたんだけど、部屋にはいないみたいだよ」と白瀬はすぐそこにある藤井のアパートに目を向けた。

「お客さん、コーヒーがそのままに……」

コンビニの店員に声をかけられたのはその時で、「あ、すいません」と白瀬が店内に戻ると、あとをついてきた宮本もアイスコーヒーのLサイズを買う。よほど喉が渇いていたらしい。そのまま二人でイートインに座り込んだ。

隣の席で冷やしそばを食べている作業服の若者が見ているスマホで、オリンピックの開会式が始まったのはその時だった。

「あ、始まっちゃいましたね……」

宮本のとぼけた声に、作業服の若者が振り返る。通りをまたダンプカーが走っていく。

「藤井くん、東京で最初に住んだのがこの国立競技場の近くだったんですって」

宮本が作業服の若者のスマホでチラチラと開会式を盗み見しながら教えてくれる。

コンビニの冷房で汗もだいぶ引いた。白瀬はアイスコーヒーを一息に飲んだ。

「藤井って東京出身じゃなかったっけ？」

「いえ、中学の時にこっちに。白瀬さん、ご存じないですか？　藤井くん、震災で福島から」

震災という宮本の言葉になぜか作業服の若者もちらっと振り向く。

「そうなんだ。ごめん、知らなかった」

「あ、どうしよう、内緒だったのかな。でも別に隠してる感じでもなかったですけど」

困惑する宮本に、「直属の部下とはいえ、まだ一度も飲みに行ったこともなくて。ほら、そういう身の上話ってリモートじゃちょっとな」と白瀬は言い訳した。

おとといの京葉線の車内での会話が思い出される。「じゃあ、この辺が白瀬さんのスタート地点ですね、東京暮らしの」と藤井は言っていた。

「『なんか面倒くさいんだよね』とは言ってました、藤井くん」

「え？」

宮本は少し話が唐突すぎた。

「あ、すいません。だから震災で東京に来たって話をするの、色々と面倒くさいんだよねって、藤井くんが」

「ああ」

白瀬は氷がとけたアイスコーヒーをストローで混ぜた。なぜか一度消したはずの〈年老いた灰色のライオン〉という言葉がまた浮かんでくる。

父の死を知らせる電話で、母はこう言った。「今、東京から人が来れば、こんな田舎町は大騒ぎになる」「亡くなる前にお父さんとも話しておいた」「従兄の将生くんたちがなんでもやってくれるから大丈夫」と。要するに葬式には戻ってくるなと。

「親父の葬式に息子が帰らないって法があるかよ！」とさすがの白瀬も怒鳴った。だが憔悴《しょうすい》しきった母は、「それでも……、あんたが戻って、もしこっちの人がコロナにでもなったら、もうお母さん……」と泣くだけだった。「だったら二人きりで見送ろう」とも白瀬は提案したが、「それができたら……」と母はさらに泣いたのだ。

母からの電話を切ると、心配そうな妻が祈るように手を合わせていた。妻にも内容は伝わっていたようで、「結局、こういう時に苦しむのは真面目な人たちなのよね。法律作った当人たちは、こっそり遊び回ってるっていうのに」と視線を落とす。

瞬間、白瀬はカッと頭に血が上った。妻の言葉を自分が歪曲《わいきょく》しているのは分かっていたが、それでも妻の言うその真面目な人たちというのが弱い側の人間のことであり、お前もまたその一人なのだと指摘されたような気がしたのだ。

冷やしそばを食べ終えた若者のスマホで盛大な花火が上がった。小さな画面だったが、ドーンと打ち上げられる開会式の花火は、三人しかいないコンビニのイートインコーナーに大きく響いた。

「いいっすか。俺そろそろ行きますけど」

白瀬たちがジロジロと見ているのに気づいていたらしく、若者が遠慮気味に声をかけてくる。

「あ、すいません」

白瀬たちが慌てて謝ったのと、藤井と無事に連絡が取れたという総務課からの報告があったのが同時だった。メールによれば藤井は元気で、ここ最近少し思うところがあって無断欠勤してしまったが、必ず出社するのでもう少しだけ時間がほしいと言っているという。

メールを宮本に見せようとすると、今度はその藤井本人から電話があった。慌てて出た白瀬に、藤井は開口一番、「ご迷惑かけて、すいませんでした」と平謝りする。

「だ、大丈夫なんだろ？」と白瀬は尋ねた。

「本当にすいませんでした。反省してます。でも、もう少しだけ時間下さい」

「ああ、いいよ。いいけどさ……」

「あの、俺……、やりたいことがあって。それやったら必ず戻りますから」

「やりたいこと？」

「そばにいたいんです。オリンピックの」

「え？」

「やっぱり俺、ずっと今回のオリンピックのこと楽しみにしてて。一瞬でいいんです。一瞬でいいから、この手で国立競技場にふれてみたいと思って」

いやいや、無理だよ、と白瀬は呟いた。無観客となった今、あの厳重な警備体制の中、競技場に一般人が近づけるわけがなかった。

大会当初から女子ソフトボールや男子サッカーが一次リーグを白星でスタートさせ、さらに卓球や柔道でも日本人選手の活躍が期待される中、体操では四大会連続出場の内村選手が鉄棒で落下、ウエイトリフティングでは五度目となる三宅選手が記録なしと、オリンピックを象徴してきたような選手たちの残念なニュースも報じられていた。

「そういえば、会社の子どうなったの？」

スポーツニュースを見ていた白瀬の耳に風呂上がりの妻の声がした。

「あれから連絡ないんだよ。まさか本当に国立競技場の周りをうろうろしているとも思えないけど。社内的には連絡がないのは無事の知らせってことになってきてる」

「あなたの会社って雰囲気いいよね。ギスギスしたうちの会社じゃ考えられない」

「社風らしいよ。実際、やな奴は出世しないし」

「そ、そんな会社あるんだ!?」

わざとらしく驚く妻の声を聞きながら白瀬はメモ帳を出した。

〈内村が鉄棒を掴む〇・一秒。三宅が99kgのウエイトを上げる〇・一秒。〇・一秒と十年〉

「内村が鉄棒を掴む〇・一秒と人生〉。いや、〈〇・一秒。三宅が……」

突然読み上げられて振り返ると、いつの間にか妻が背後に立っている。

「まだ続いてるんだ？　詩作の通信講座」

「才能ないのはもう分かってんだけどな」

アプリの景品でカルチャーセンターの受講チケットに当選した。せっかくだからと受講することにしたのだが、面白半分に一番興味のないものを探してみた結果、該当したのが詩作教室だった。

「で？　少しは書けたの？」

詩作の薄い教科書をめくる妻の体から柑橘系のボディオイルの匂いがする。

「え？　俺の詩に興味ある？」

「あ……。ごめん。ないわ」

妻が教科書を置く。

「最初はなんでもいいから好きな言葉を集めてみろって。先生が。でもさ、これが難しいんだよ。書いては消し、書いては消し」

「それ、今回のオリンピックみたいじゃん。開催、延期、中止、有観客、無観客」

宙に書いた文字を棒線で消しながら、妻が寝室へ入る。

花火が上がったような気がして、白瀬は狭いベランダに出た。しばらく紫色の夜空を見渡してみるが後発の花火はない。この辺りでオリンピックイベントがあるわけもない。室外機の熱風から逃れようとして、ふと足が止まる。またメモ帳を出す。

〈コロナだから仕方ない。誰も悪くない。〉

白瀬が父親の葬式に参列しないと告げた時に、妻が口にした言葉で、「でも」と妻は続けた。「でも、たとえコロナが理由だとしても、私の葬式に出ないって、あなたが選択する可能性もあるってことよね」と。そしてすぐ、「あ、ごめんなさい」と謝ったのだ。

室外機の熱風が脛《すね》を熱くする。明るい居間には誰もいない。

〈コロナだから仕方ない。誰も悪くない。なのに、誰も幸せじゃないのはなぜだ？〉

寝室から明るい居間に戻ってきた妻が笑顔を浮かべている。白瀬が中に入ると、

「これ見てよ」とスマホを差し出す。

見れば、ネットニュースの記事で、『拍手代わりの折り鶴を選手たちに』と見出しがあり、国立競技場の周囲のガードレールに千羽鶴や横断幕がかけられている写真が

ある。記事によれば、最初に千羽鶴を持ってきたのは埼玉の小学生らしく、テレビで見た開会式で踊り続けるボランティアの活躍に感動し、彼らに拍手を送る代わりに千羽鶴を持参したのだが、それが一晩置かれているうちに、今度は「コロナ禍の開催にもかかわらず全身全霊でのパフォーマンスを見せてくれるアスリート達への拍手の代わりに」また「規則とはいえ、表彰台で自らメダルをかけざるを得ないメダリスト達への拍手の代わりに」と、次々と千羽鶴や寄せ書きが届けられているのだという。

「本来なら即撤去らしいんだけど、誰も片付けないいんだって」

妻の話を聞きながら当該ニュースのコメント欄を見た。また辛辣《しんらつ》な言葉が並んでいるのだろうと思ったが、意外にも好意的なものが多く、中には「集まった千羽鶴や横断幕が、僕らの感謝や拍手の代わりとなって閉会式の時に誰もいない競技場の座席を埋めるといいな」とのコメントまである。

気がつけば、白瀬は折り鶴や横断幕でいっぱいになった競技場を想像していた。

「お疲れさま」

休憩室に入った白瀬は、窓際でアイスティーを啜っている宮本に声をかけた。

「お疲れさまです」

宮本が立ち上がろうとして尻餅をつく。再開発で隣のビルが解体されているせいで、窓からライトアップされた東京駅が見える。

「やっぱりきれいだな。東京駅」

白瀬はアイスコーヒー片手に宮本の前に座った。

「本当だったら、今頃、海外からの人たちですごかったんでしょうね」

駅前広場は閑散としていて、街路樹の美しさが際立っている。

「俺、東京で一番きれいだと思うの、この東京駅かも。オリンピックでもっとたくさんの人に見てほしかったなぁ」

東京で一番などと、これまで考えたこともなかったが、口にしてみると、実際そうなのかもしれない。

「宮本さんってオリンピック見てる？」

「はい。見てます。もう感動しっぱなしです」

「スポーツ好きなんだね」

「私、高校の時にわりと真面目にバレーやってて。県大会で一勝できれば上出来っていう弱小チームでしたけど」

「セッター？」

「正解です。すごい。……あ、背が低いからか」

「ごめん。でもなんか、宮本さんって女バレ出身って感じするよ」

「それ、褒めてないですよね？　でも実際、白瀬さんのイメージ通りの女子高生だったかも。……私、中学の時ちょっと酷《ひど》い虐《いじ》めにあってて。結構きつかったんですよね」

宮本の口調が明るい分、当時の凄惨《せいさん》さが伝わってくる。

「……でも高校に入って、自分でも信じられないくらいの勇気振り絞ってバレー部に入って。まだ何度目かの練習の時、私、手作りのクッキー焼いていったんです。そしたらみんなが食べてくれて。『美味しい』って。私が焼いたクッキーなのに。そしたら私、もう涙が止まらなくなっちゃって。でも突然泣き出したもんだから、みんなはきょとんとしてて。その場で先輩から『クッキー』ってあだ名つけられて。で、その時、泣きながら私思ったんですよね。『バレーボール、頑張ろう』って。本気で頑張ろうって」

目の前にいる宮本は、いつもと変わらぬ笑みを浮かべている。「結構きつかったんですよね」と、つらい過去を語っているはずの顔がなぜか自信に満ち溢れていた。

ああ、と白瀬は思う。きっとこの人はスポーツに救われたのだと。そしてきっと、苦しくてたまらなかった過去を笑い飛ばせる力を、バレー部の仲間たちと一丸になって勝ち取ったのだと。

「……でも、中学のこととかはもうどうでもよくて」

白瀬が暗い顔をしたせいか、宮本が雰囲気を変えるようにさらに明るい声を出す。

「……私、バレー始めたおかげで、生まれて初めて『負けたくない』って気持ちを知ったんですよ。それまでずっと負けてることに慣れてましたし。もちろん人間、全部は勝てないですけど、それでも『絶対に負けたくない』って、一瞬でも本気で思ったことって、なんか今の自分にちょっとは役立ってんのかなって」

そこまで一気に喋《しゃべ》った宮本が我に返ったように、「なんか、ごめんなさい、急に」と謝る。

白瀬は静かに首を振った。「いや、謝ることないよ。というか、なんかいい話だった」と。

休憩室に別部署の同期が入ってきたのはその時で、「お疲れ」と声をかけた白瀬に、「お前んとこの、ずっと休んでる子、どうなった?」と尋ねてくる。

「藤井? 今、様子見」と白瀬は答えた。

「ふーん。でもさすがにそう悠長にも構えてられないだろ。まあ、正式な病名とかつくんだったらまた話は別だけど」

そう言いながら近寄ってきた同期の肩を、白瀬はポンと叩いた。

「総務からもせっつかれてるんだけどさ。お前だって身に覚えがあるだろ？　確か大事なプレゼンすっぽかして、ふらっと日光に行ったんじゃなかったっけ？　奥さん心配してさ。会社まで謝りに来ただろ」

「あー、古い話すんなって」

「みんな、身に覚えあるじゃん。もうちょっと味方でいてくれよ」

白瀬の頼みに苦笑いした同期が、「じゃ、緊急事態あけたら『鳥よし』で奢《おご》れよ」と言いながら缶コーヒーを買って出ていく。

一連のやりとりを眺めていた宮本が、「そういえば、白瀬さんは何かスポーツやってたんですか？」と突然尋ねてくる。

「俺？」と白瀬は訊き返した。

「何かやってたんですか？　スポーツ」

質問を繰り返す宮本の顔をしばらく見つめた後、白瀬は「いや別に」と首を振った。

白瀬の答え方が少し冷たかったのか、宮本は話を続けない。白瀬は外に目を向けた。東京駅が大げさなほどライトアップされている。

「宮本さん、今日、このあと時間ない？」

「仕事終わってからですか？」

「そう。あのさ、一緒に藤井のこと探しに行ってみない？」

「国立競技場？」

「そう」

自分でも何を言い出してるんだろうとすでに呆れていたが、宮本と二人でこれから藤井を探しに国立競技場に行くのはとても自然なことにも思えた。

「私は大丈夫ですけど」

「じゃ、決定」

先に宮本が休憩室を出ていくと、白瀬はまた東京駅に目を向けた。しばらく眺めていると、閑散とした広場に立つ若い自分と父の姿が浮かんでくる。忙しそうに行き交う人に父がなんとか声をかけ、駅舎をバックに二人で写真を撮ってもらう。

「頑張れよ」

あの時、東京で一人暮らしを始める息子に父はそう言った。

「分かってるよ」

息子は照れ臭くて仕方なかった。

「しかしお前のアパートがある場所だけど、あそこ、本当に東京か?」

「東京だよ。正真正銘の東京」

父は実業団に入るほどの卓球選手だった。ピーク時には日本代表となり、注目を浴びた。あいにく膝の怪我《けが》で選手生命はそう長くなかったが、卓球がオリンピックの正式種目になる以前、連続して国際大会にも出場していた。

現役を引退すると、大手電力会社の地方支社で働きながら卓球クラブのコーチも務めていた。厳しい指導が有名で、遊び半分で入ってくる子供たちはひと月も持たずに泣きながら辞めていった。

もちろん白瀬も幼い頃からこのクラブに入っていた。父の指導通りに懸命に練習したし、誰よりも努力した。だが、トップアスリートのDNAは不運にも息子には引き継がれていなかった。

期待通りどころか、期待の半分も応えられない息子に父はいつも苛立っていた。

「なんでそんな球が返せないんだ! お前にやる気がないからだろ!」

実の息子に怒鳴り散らす父の怒声は、その卓球クラブの名物となっていた。

もちろん白瀬も手を抜いていたわけではない。ただ、父が言う場所にいくら腕を伸ばしても届かない。「ここに返せ！」とラケットで叩かれる場所に、どうしても球を打ち返せない。「止めるな！」といくら怒鳴られても、もう足が動かない。「俺の息子なのだから勝て！」と言われても、どうしても勝てなかったのだ。

白瀬は中学二年で卓球を辞めた。直接父には言えず、母に頼んで言ってもらった。二階の自室で勉強していると、その父が上がってきた。殴られると思った。しかし父は静かにこう言った。

「かっこ悪くてもいいから、やってみろよ」と。

白瀬は俯いたままだった。いつ鉄拳が飛んできてもいいように歯を食いしばっていた。

「……かっこ悪くていいんだよ。苦しくて這いつくばってもいいんだよ。それでも一球でも多く、腕を伸ばして球を相手に返すんだよ」

それができなかった。頭では分かっているのに、白瀬にはそれができなかった。

「……お父さんたちだって同じだよ。一度も中国に勝てたことがない。それもいつもひどい負け方だ。かっこ悪いよ。我ながら情けないよ。でも、それでも……」

「辞める」

父の言葉を白瀬は初めて遮った。声は震えていたが、はっきりと伝えた。

負けることが、決してかっこ悪いことじゃないってことをスポーツは教えてくれるんだ」

いいか、スポーツが教えてくれるのは勝つことじゃない。負けてもいいってことだ。

「今はまだ分からないかもしれないけど、お前が大人になったらきっと理解できる。

かなり長い沈黙の後だった。

「一つだけ覚えとけ……」


地下鉄で国立競技場の最寄り駅に向かう間、白瀬には妙な高揚感があった。自分でも気づかぬうちに顔に出ていたようで、「なんか嬉しそうですね」と宮本に窘《たしな》められる。

「本当はダメなんだけどね。本来なら不要不急の外出は控えるべきだし、部下を誘うなんて以《もっ》ての外だし」

白瀬は無理に表情を硬くした。

「そのわりに楽しそうに見えますけど」

宮本も非難しているわけではなく、その顔には笑みが浮かんでいる。

「藤井、本当にいるんじゃないかと思うんだよ。なんか、いたらいいなって」

「実は私も、本当に会えそうな気がするんですよね」

そこに藤井がいたからといって、どうなるわけでもない。そこに藤井がいようがいまいがコロナは収まらないし、オリンピックでは選手たちが昨日までと同じように懸命に戦う。だからこそだが、なぜか藤井には、そこにいてほしい。

地下鉄の出口を間違え、強い西日の中で道に迷った。国立競技場だけではなく、神宮外苑全体が重々しい警備で、さらに遠回りをさせられた。それでもなんとか競技場が間近に見える場所まで、汗だくになってたどり着く。

この辺りはオフィスビルや一般住宅もあり、通りの向かいにある国立競技場はすぐそこだった。

周囲のガードレールやフェンスには、全国から届けられた多くの千羽鶴や応援横断幕がかけられている。

「ここまで来ると、本当に東京でオリンピックやってるんだなって感じしますね」

宮本の言葉通りだった。そこにあるのは無観客の競技場なのに、大勢の誰かがいるとしか思えないような気配がある。

通りのこちら側には国立競技場を一目見ようと集まってきた人たちで狭い歩道は混み合っている。写真を撮る者もいるが、みんな、競技場から伝わってくるその気配に圧倒されているようにも見える。

「あっ」

横で宮本が声を上げたのはその時だった。少し離れたゲートの前で、ボランティアの警備員と睨み合っているような藤井の姿があったのだ。

「行ってみよう」

白瀬は宮本に声をかけ、タイミングよく青になった横断歩道を渡った。ゲートの前で睨み合っているのは間違いなく藤井で、中に入れろ入れないの押し問答をしているのか、藤井が右から入ろうとすると、警備員が左に動いて阻止し、今度は左から抜けようとすると、すぐに警備員も立ち位置を変える。

もし喧嘩《けんか》になれば、二人の間に割り込んででも止めなければと決意して、白瀬は横断歩道を駆け渡った。ただ、一触即発の緊迫したシーンのはずなのに、近づくにつれ二人の様子がどこか牧歌的にも見える。よくよく見れば、押し問答する藤井はコンビニで買ったかき氷を食べながらであり、相手にしている警備員もまた遊びでバスケでもしているような余裕があるのだ。

「おい、藤井」

二人の背後から白瀬は声をかけた。

かき氷のスプーンを舐めながら振り向いた藤井が、とっさに逃げようとして、

「あ、すいません……」とすぐに足を止める。

無断欠勤を続けていることよりも、とっさに逃げようとしたことを謝っているようで、その言葉に重みがないのも、やはりメロン味のかき氷で染まったその舌とラフすぎる短パン姿のせいらしかった。

「何やってんだよ」と、白瀬は背後の中年の警備員を気にしながら尋ねた。

「入れてもらえないかなと思って」

「入れてもらえないかなって、お前……」

白瀬はとりあえず警備員に会釈した。警備員もとりあえず会釈を返してくれる。

「藤井、お前、本当に毎日ここにいたの？」と白瀬は訊いた。

「はい。いました」

「何やってんだよ、こんな所で」

「何って……、競技場の壁にふれる方法が何かないかなと思ってずっと考えてて」

そう言いながら藤井が警備員を見る。警備員は素知らぬ顔で空を見ている。

「……正攻法じゃ無理そうだから、コネ作ればなんとかなるかなと思って、ここ最近はずっとこの引田さんに話しかけてるんですけど」

藤井が中年の警備員に目を向ける。

「知り合い、の方？」

白瀬は勘違いして小声で尋ねた。

「知り合いじゃないですけど、ずっと話しかけてるうちに引田さんも返事してくれるようになったんですよね？　今じゃ、かなりお互いの身の上話したから、もう知り合い以上ですよね？」

素知らぬ顔の警備員に藤井が確認するように声を上げる。白瀬はとりあえず藤井の腕を引いて、その場を離れた。

その後、藤井がしてくれた話によれば、この引田さん、山口県の出身で、現在は千葉の市川市に建て売りの戸建てを買い、妻と九歳の娘と三人で暮らしているらしい。

「引田さん、大学卒業後は文具を扱う上場企業に就職したらしいんですけど、三十歳を前にして突然ミュージカル俳優になりたいっていう夢が諦め切れなくなって退職したんですって。でも、十年必死にやってみたんだけど結局芽が出なくて。そこから奥さんと娘さんのために心機一転、今じゃ、ハイヤーの優良ドライバーらしいです」

白瀬は電柱の裏から顔を出した。引田さんが見物人を誘導している。

「……昼間は日陰がないから見物人もいないんですよ。だからそこを狙って話しかけて、話が弾んでる隙を狙って、ダッシュで競技場の壁にふれようと試みてるんですけど、引田さんも動きが機敏なもんだから、すぐ襟首摑まれちゃって。20メートルもないと思うんですよね、壁まで」

「ほんとにいたんだね」

夕食で使った皿を運んできた妻に訊かれ、「ああ、いたんだよ」と白瀬は受け取った。

食事の間ずっと白瀬は藤井の話をした。京都出張から戻ったばかりの妻が疲れていたので、当初はさらっと伝えるつもりだったのだが、思いの外、妻が興味を示した。

「ほら、尾道の美術館だったかな、そこの野良猫と警備員さんとの攻防みたいね」

妻はそう笑った。白瀬もそのネットニュースなら知っていた。冷房の効いた館内に入ろうとする猫を、規則だからと、でもとても愛おしそうに抱きかかえて、何度も何度も外へ連れ出すベテラン警備員との攻防が話題になったのだ。

食器を洗い終わって、妻とニュース番組でメダリストのインタビューを見ていた。

「その藤井くんって子、今日も競技場の外にいるんだよね？　何がしたいんだろ。まさか本当に壁にふれたいだけ？」

「さあ、もう自分でも何がしたいんだか分からないんだよ、きっと。でもそれでもふれたいんだよ、競技場の壁に」

白瀬はメモ帳を出し、メダリストの言葉を書き記した。

〈何度も心が折れそうになって、試合から逃げ出しそうになる時もありましたけど、その時コートの中で先輩がしっかり声をかけてくれて……〉

「藤井くん、会社的には大丈夫なの？」

「いや。だから一応その話もしてきた」

さすがにこれ以上明確な理由なく欠勤が続けば、会社としても相応の処分をしなければならなかった。藤井も覚悟はしていたようで、「分かってます」と神妙な顔をする。

「何か将来のことで考えてることでもあるのか？」と白瀬は訊いた。

「いえ」と藤井は首を振る。

「ここで何か人生の先輩らしい言葉をかけてやれればいいんだろうけど……」

「すいません」

白瀬は何かちゃんと伝えたかったのだが、それがなんなのかが分からなかった。ただ、藤井はすでに白瀬が伝えたいことを知っていて、だからこそ必死になって競技場にふれられるかどうかなんてくだらないことをやっているような気もした。

「そういえば、最後にお見舞いに行った時、お義父さんがこんなこと言ってたよ」

妻がワインを飲みながら口を開く。

「……あなたが大学で上京した時、お義父さん心配で仕方なくて、辰巳の倉庫街にあったあなたのアパートを見にきたんでしょ。その時、『本当にお前、大丈夫なのか？』って心配するお義父さんに、あなた、なんて答えたか覚えてる？」

ここ、本当に東京なのか？　と目を丸くする父の姿は思い出せたが、自分がなんと答えたのかは覚えていなかった。

「……十八歳のあなたは心配するお義父さんにこう答えたんだって。『大丈夫だよ』って。『東京って、すごく寛大なんだ』って。『誰だって受け入れてくれるんだから』って」

〈いつも負けていた相手だったので、同じやられ方をしないようにっていう対策をずっとしてきたので、得意の寝技で勝ててよかったと思います〉

〈練習量という部分だけは誰にも負けない自信があったので、接戦になればなるほど僕自身の持ち味が出てくると信じて、自分自身を信じて戦っただけです〉

メモ帳に集めたオリンピアンたちの言葉を、白瀬は読み直した。なんとなく始めたことだったが、気がつけばメモ帳が足りなくなるほどの言葉が集まっていた。

〈本当に予選が悪すぎて、大阪にいる監督、コーチに何回も連絡して、励ましてもらえて、修正してもらえました。家族もですし、多くの方に支えてもらえていると実感することがたくさんありました〉

シンプルな言葉なのに、読んでいるうちにやはり胸の奥が熱くなってくる。

「今夜、お寿司とって閉会式でも観ようか」

妻の声がして、白瀬は顔を上げた。

「ごめん。俺、出かける」

そう言葉にすると、急に居ても立ってても居られなくなる。

「出かけるって、どこに？」

「国立競技場」

「ちょっと！」

白瀬は玄関を飛び出していた。自分でもなぜそこに行きたいのか、行かなければならないような気がするのか分からなかった。ただ、メモ帳に集めた彼らの言葉に、そこへ行けと言われているような気がしてならなかった。

〈体格差が有利に働いてしまうので、アジア人には不利な種目だと言われてて、でも僕は絶対にそんなことはないと思ってましたし、絶対に突破口はあるはずだと思ってましたし……〉

地下鉄を乗り継いで到着した国立競技場の周囲は、いよいよ始まる閉会式を前に緊迫感が漂っていた。上空を何台ものヘリが旋回している。白瀬には確信があった。ここに来れば、この前と同じように藤井が引田さんという警備員と今夜も睨み合っているはずだと。

白瀬は横断歩道を渡った。渡り終えようとした瞬間、三人の姿が見える。藤井だけでなく、なんと宮本までが両手を広げた引田さんの前に立っている。

真夏の東京の夜にどれくらい対峙していたのか、三人が首にかけたお揃いのオフィシャルタオルからも汗の臭いがしてくるようだった。

白瀬が二人に近寄ると、静かに説得を続ける宮本の声がした。

「絶対に約束します。あそこの壁に藤井くんがふれたら、私たち、すぐに帰ります。絶対に藤井くんがその奥に行くことはありません。信じて下さい」

宮本の横に立つ藤井は、すでに説得しあぐねた様子で項垂れている。

白瀬に気づいた警備員の引田さんが、「ダメなものはダメです。これが私に任された仕事なんです」と、二人ではなく、白瀬に伝えるようにきっぱりと言う。ただ、心配して近寄ってこようとした別の警備員を彼は合図を送って止めもする。

〈これが自分の背負ってきたものだと思ってたし、このマウンドに立つために13年間色んな思いをしてここまで来れたと思うので、投げれなくなるまで絶対投げてやるっていう思いでマウンドに立ちました〉

「引田さん」と、白瀬は静かに声をかけた。白瀬の声に藤井たちが驚いて振り返る。

「……こいつらがご迷惑をおかけして本当にすいませんでした。でも、今回だけ見逃してもらえませんか。下らないことだってことは私も分かってます。でも、こいつらにとっては、たぶん大切なことなんです」

白瀬は深々と頭を下げた。その瞬間、無観客のはずの競技場内でざわめきが起こった。閉会式がいよいよ始まるらしかった。白瀬は思わず空を仰いだ。いつもと変わらぬ東京の夜空だったが、何かがうねるように競技場の中に吸い込まれていくようだった。白瀬だけでなく、その場にいる誰もがその気配に空を仰いでいた。もしかすると、と白瀬は思う。たとえば宮本のようにスポーツに救われたことのある者たちの、たとえば自分のように東京に救われたことのある者たちの、そして何よりアスリートたちの勇気に敬意を表したいと思う者たちの思いが、今ここに集まってきているのではないだろうかと。

藤井が動いたのはその時だった。空を見上げていた引田さんの一瞬の隙をつき、その傍らを抜けようとする。しかしすぐに反応した引田さんの右手が抜けようとした藤井の手首を掴む。

その引田さんの腰に、思わず白瀬がしがみついたのが先だったか、それとも宮本がその腕に飛びついたのが先だったか。引田さんの手から藤井の手首がするりと抜けた。

「お願いします！」

白瀬がしがみついたまま引田さんに頼んだ瞬間、閉会式の花火が上がった。白瀬の声はかき消され、競技場の壁に向かって走り出した藤井の汗まみれの背中が光る。

「行け！」と白瀬は胸の内で祈った。「行ってくれ！　壁にふれてくれ！」と。

もし藤井の手が競技場の壁にふれたら、この世界に異変が起こって、東京が一つになるんじゃないかと白瀬は思う。今は真っ二つに分断されているこの東京が、また一つになる。いや、もちろんそんなことはありえない。でも、私たちはもう知ってるじゃないか。そのありえないことがこの世界では起こり得るってことを。

「行け！　藤井！」

気がつけば、白瀬は叫んでいた。

周囲に立っていた警備員たちが藤井を阻止しようと何人も飛びかかっていく。

その時だった。白瀬がしがみついている引田さんの祈るような声がした。白瀬の体を振り払うように、「頑張れ！　頑張れ！」と引田さんが叫ぶ。

「頑張れ」

しかし次の瞬間、飛びかかった警備員たちが藤井を床に押さえ込む。それでも藤井は必死に右手を伸ばそうとする。競技場の壁はすぐそこにある。すぐそこに。

無観客のはずの競技場から大歓声が起こったその瞬間だった。死に物狂いで伸ばしていた藤井の手のひらが、とうとう国立競技場の壁にふれた。

「おめでとう！」

藤井はそう叫んだ。藤井の歓声が東京の夜空に響いた。


ふと思う。東京とは、一体どこにあるのだろうかと。

もちろん四十七都道府県の一つで、日本の首都。地図を広げられれば、「ここが東京です」と自信を持って指は差せる。

ただ、「やっぱり東京はいいよ」とか「考えてみれば東京に出てきて、もう○年になるんだなぁ」と口にする時の東京が、決して地図に赤い首都マークのついた場所ではないことだけは分かるのだ。とすれば、その東京はどこにあるのか。歩き回っていれば、いつか見つかるのか。それとも、そんな場所、初めからどこにもないのか。

（「読売新聞」朝刊　二〇二一年七月二二日〜八月九日「オリンピックにふれる」を改題）

解説

江南亜美子（書評家）

近い過去を思い出そうとするとき、それはどこかピンボケした写真を眺めるのに似て、ゆるい輪郭のなかにある実体をさぐりだすような心持ちになる。コロナ禍の始まりの、根拠なき楽観視と言い知れぬ恐怖がないまぜになった日常の光景や、東京でオリンピックが開催されると決定した瞬間の（それは二〇一三年の九月だった）、ほんとに?とあっけにとられた感覚や、東日本大震災直後の、物理的に電力消費も抑えられてほの暗く沈鬱《ちんうつ》なムードにあった日本の街なみなどは、たしかに自身が経験してきた場所と時間であったとしても、その瞬間の緊張や熱量を正確に再現することはむずかしい。

二十一世紀に入ってからとみに、効率的かつ生産性高く日々を送るべしという価値観に染められつつある私たちは、立ち止まって過去を反省的に、あるいは懐かしく思い出すこともゆるされていない。自身にムチ打つように生きいそぎ、前進あるのみ。どんどんアップデートされるOS、あたらしく生まれては消えるブーム、よりスマートなコミュニケーション……。もはや生まれながらの身体と脳では処理しきれない高度情報化社会で、AIに助けられながら生きている。もうすぐ四半世紀が経とうとする二十一世紀だが、この間に私たちはいったいなにを失って、なにを得たのだろうか。

そんな疑問を覚えてふと立ち止まり、近過去を反芻《はんすう》するきっかけをくれるのが『昨日、若者たちは』（『オリンピックにふれる』を改題）という小説集だ。収録された四つの物語に描かれるのはアジアを生きる若者たちだが、彼らに思いを馳《は》せるうち、おそらく読者はみな、自身の人生において通り過ぎていった、あるいは記憶にとどまり続ける特別な他者や場所のことを想起するにちがいない。時代の変化とその時々の心情が克明に刻みこまれた小説は、いわばひとつのタイムカプセルの機能をもつ。小説の内部に潜行することで、自分のみすぎよすぎを思い返すことになるのだ。

本書には「香港林檎」、「上海蜜柑」、「ストロベリーソウル」、「東京花火」と題された中編が収録される。それぞれ表題の示す通り、東アジアの各都市が舞台となるという点のほかに、二〇〇八年夏の北京オリンピック、二〇一〇年冬のバンクーバーオリンピック、二〇一二年のロンドンオリンピック、そして当初二〇二〇年に開催が予定されていた東京オリンピックが遠景に描かれるところも共通している。

「香港林檎」は、企業のボート部に所属する偉良《ワイリャン》の物語だ。彼はボート選手としての全盛期を過ぎ、次のオリンピックに出場できそうかと人に問われても「無理、無理」と返答する、引退も現実味を増す年齢だ。その境遇はチームメイトの阿志《アージー》も同じこと。彼も、果物屋を営む父親の看病をしながらでは、競技の成績もふるわない。偉良には同居する恋人がいるが、彼女はべつの男と会っているとの、母親からの注進もある。何かが終わっていく予感を抱えながら、その終焉を直視することも避けているのが偉良なのだ。

だがこうした感覚は個人の問題に留《とど》まらない。彼らは一九九七年にイギリスより主権が返還され、中華人民共和国の特別行政区となった香港に住んでいる。五十年間は高度な自治が保証されていたはずの「一国二制度」も、中国の大国化にともなって形骸化される。作中で、久しぶりに会った日本人の知り合いに「中国に返還されて、何か変わった?」と問われた際、偉良の女友だちは「**別に、何も**」とそっけなく答えるのだが、「別に、何も」は本当に何の変化もないことを意味するのではない。

むしろすべてが——求め続けた普通選挙も、自由な言論も、民主化も、香港固有の経済発展も——変わってしまうことを予期しながら、そこに留まる偉良の姿を小説は鮮やかに描き出していく。ピークの終わり。価値観の転換点。だがこれからも人生は続くからこそ、一編のラストシーンで阿志とふたり、ボートに乗りこみオールをぐっとひいて川面《かわも》を滑り出す姿からは、未来へのほのかな期待を読みとることができるのだ。

「上海蜜柑」には、上海の高校で臨時の体育教師をする二十五歳の阿青《アーチン》が登場する。かつては体操の強化選手に選ばれるほどだったが、けがによって競技者としての道は閉ざされてしまった。まだ体操とすぱっと縁を切り、べつの可能性を模索することもできる年齢だ。だが婚約者である年下の蛍蛍《インイン》の存在が決断をにぶらせる。子猫のように小さく甘えん坊の蛍蛍とどうやって家庭を築いていこうか——。バスで片道四日ほどかかる蛍蛍の実家への旅の準備中、人生の設計図を描く阿青の悩みは尽きない。

だがひとつのべつのファクターが浮上してきて、物語は思わぬ色を帯びる。蛍蛍が台湾の芸能事務所から熱心にスカウトされたという出来事について、実家の家族に相談しようとしているのではないかと阿青は考えるのだ。何者でもなかった蛍蛍がタレントとなり、新天地へとびだしていくかもしれない（台湾や日本での活動が事務所側の青写真らしいのだ）との未来像は、想像するだけで不安をかきたてる。人生の転換期を迎えて、後悔も、羨望も、格好の悪いあがきも抱え込みながら、今日この日をやりすごそうとする阿青と、大規模な都市再開発が日に日に進む上海という場所とのコントラストが、本作では強烈に印象づけられるのである。

阿青がかつて住んでいた地域は再開発の対象となった。未舗装の道も狭い土地にいくつもの家族が寄り集まって暮らした家々もがれきと化した。貧しかった歴史を漂白するかのように街はどんどん洗練されて巨大なビルが建ちならび、みにくさも格差社会の現状も可視化されなくなっていく。街自体に活気があり、上昇機運にのってどこまでも発展すると信じられていたのが、本作で描かれる二〇一〇年代以前の上海だったのだろう。日本でいうバブル期的な、人々の浮き足だつようなムードが活写される。

読者は阿青がどのような変化を選択するのか、そっと見守ることになるだろう。阿青はこう考える。「**みんな分かってる。分かってるけど、挑戦できる人間もいれば、挑戦できない人間もいる**」。挑戦できる人間はかっこいい、しかしみんながそうできるわけではないというのが現実だ。

その意味で、三作目の「ストロベリーソウル」もまた、挑戦をめぐる物語である。

時代はキム・ヨナが活躍していたころのソウルで、がんばることに疲れた青年クァンドンが、スケートリンクで三回転ジャンプに挑む少女を励ますのだ。だが、彼女は姿を消す。がんばることの呪いが自家中毒を起こすような、ほろ苦い作品といえる。

しばしばいわれることだが人生における二十代前半を一日二十四時間に置き換えれば、まだ朝の七時や八時に相当する。これから朝日を浴びつつなんでもやろうとすればやれる、午前のはやい時間帯だ。だが当人はもう一日の予定が決まったかのように錯覚しがちなのも事実だろう。オリンピックはごく一部のエリートの晴れの舞台であるが、その陰で多くの人がほぞをかんできた。きらめきの時間は努力に対して無情なほど短い。取り残される側の心情を見捨てないリアリティの差し出しかたに、吉田修一という著者の誠実さがあらわれる。

上記の三つの作品が二〇一〇年あたりの設定であるのに対して、四編目におかれた「東京花火」は、東京オリンピック開催と新型コロナウイルス感染症の蔓延《まんえん》でゆれた二〇二一年を描く。緊急事態宣言の発令によって、無観客での開催が決まった前代未聞のオリンピック。主人公の白瀬はサラリーマンであり、自身は幼少期を除いてスポーツ選手だったわけでもなく、父親が実業団の卓球チームに所属して全盛期に日本代表選手だったというにすぎないのだが、オリンピックに思い入れがなくはない。しかしその父親も近ごろ亡くなり、地方でひっそり執り行われた葬儀には列席することすら叶《かな》わなかった。

混乱のまま、賛否どちらの意見も飛びかうなかで、オリンピックはぬるっと開催期間に突入する。会社の後輩である藤井が「**そばにいたいんです。オリンピックの**」という謎の電話のメッセージを残して欠勤しはじめたことで、白瀬は国立競技場に引き寄せられることになるのだ。

小説を読んで思い出すのは、極論と極論がメディアやとりわけＳＮＳを介してぶつかりあっていた当時の――そしていまにつづく、時代の空気感である。未知の感染症のただなかにあって医療従事者の疲労はピークに達しつづけ、死者と感染者数の数字がまいにち積み上がり、自由が制限されることに対する抑えきれない反発と、隣人の行動を監視するような集団的な抑圧状況が、終わりも見えずに継続していく。経済をまわせ、行動を制限せよ、オリンピックなんてもってのほか、特効薬を出せ、ワクチンは陰謀だ、オリンピックで希望をあたえよ、日本人の「ファクターX」をさがせ、マスクを着用せよ、いやマスクに意味はない、経済活動は制限して補助金を出せ……。さまざまな強い意見がとびかって、生活様式も人間関係の構築の仕方もなにもかも変化してしまったあのとき、東京という街や、そこに住む人々はどういった状況・心境にあったのか。

近年の世界情勢を語る際のキーワードは「分断」である。二〇〇〇年代以降のグローバリゼーションがもたらした副産物としての相互依存的な共栄関係は終わりを迎え、対立の深刻化がさまざまに影を落としている。それは私たちの生活レベルでも同様だ。目に見えない分断の壁が、人々の緩やかで互恵的な関係を断ち切っていったのが現在なのだ。

吉田修一はそんな状況をたしかにとらえながらも、ひとりひとりの「生」のありかたを否定せずに物語を紡《つむ》いでいく。オリンピアンたちの残した熱い言葉をメモに書きつけつつ、藤井が国立競技場の壁にふれたいと願うのを応援する白瀬だけではない。蛍蛍の漠とした夢すらもその存在ごとリスペクトしようとする阿青も、仲間の阿志を蹴落とそうとするのではなく納得できる未来を模索する偉良も、いうなれば絶対的な勝者など志向していない。実存をかけてそこにただあろうとする人々の姿を、吉田のまなざしは肯定するのだ。

本書を読み、私たちは自分もまた肯定されたような、安らぎを覚えるのではないだろうか。きびしい時代にあって、悩みながら引き裂かれながら、明確な答えなどないままに、ただ生きていくこと。変化の速い時代のなかで中ぶらりんなままでいていいのだと肯定してくれる稀有《けう》な小説が本書なのだと、ひとまず結論づけることにしたい。

本書は二〇二一年九月、小社より単行本として刊行された
『オリンピックにふれる』を改題したものです。

|著者|吉田修一　1968年長崎県生まれ。'97年に『最後の息子』で第84回文學界新人賞を受賞し、デビュー。2002年には『パレード』で第15回山本周五郎賞、『パーク・ライフ』で第127回芥川賞を受賞。純文学と大衆小説の文学賞をあわせて受賞し話題となる。'07年『悪人』で第61回毎日出版文化賞、第34回大佛次郎賞を受賞。'10年『横道世之介』で第23回柴田錬三郎賞を受賞。'19年『国宝』で第69回芸術選奨文部科学大臣賞、第14回中央公論文芸賞、'23年『ミス・サンシャイン』で第29回島清恋愛文学賞を受賞。作品は英語、仏語、中国語、韓国語などにも翻訳され、世界で注目される日本人作家でもある。'16年より芥川賞選考委員。

昨日《きのう》、若者《わかもの》たちは
吉田修一《よしだしゅういち》

2025年1月15日第1刷発行

講談社文庫
定価はカバーに
表示してあります

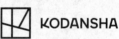

発行者——篠木和久
発行所——株式会社　講談社
東京都文京区音羽2-12-21　〒112-8001
電話　出版（03）5395-3510
　　　販売（03）5395-5817
　　　業務（03）5395-3615
Printed in Japan

デザイン—菊地信義
本文データ制作—講談社デジタル製作
印刷——大日本印刷株式会社
製本——大日本印刷株式会社

ISBN978-4-06-537330-9

講談社文庫刊行の辞

二十一世紀の到来を目睫に望みながら、われわれはいま、人類史上かつて例を見ない巨大な転換期をむかえようとしている。

世界も、日本も、激動の予兆に対する期待とおののきを内に蔵して、未知の時代に歩み入ろうとしている。このときにあたり、創業の人野間清治の「ナショナル・エデュケイター」への志を現代に甦らせようと意図して、われわれはここに古今の文芸作品はいうまでもなく、ひろく人文・社会・自然の諸科学から東西の名著を網羅する、新しい綜合文庫の発刊を決意した。

激動の転換期はまた断絶の時代である。われわれは戦後二十五年間の出版文化のありかたへの深い反省をこめて、この断絶の時代にあえて人間的な持続を求めようとする。いたずらに浮薄な商業主義のあだ花を追い求めることなく、長期にわたって良書に生命をあたえようとつとめるところにしか、今後の出版文化の真の繁栄はあり得ないと信じるからである。

同時にわれわれはこの綜合文庫の刊行を通じて、人文・社会・自然の諸科学が、結局人間の学にほかならないことを立証しようと願っている。かつて知識とは、「汝自身を知る」ことにつきていた。現代社会の瑣末な情報の氾濫のなかから、力強い知識の源泉を掘り起し、技術文明のただなかに、生きた人間の姿を復活させること。それこそわれわれの切なる希求である。

われわれは権威に盲従せず、俗流に媚びることなく、渾然一体となって日本の「草の根」をかたちづくる若く新しい世代の人々に、心をこめてこの新しい綜合文庫をおくり届けたい。それは知識の泉であるとともに感受性のふるさとであり、もっとも有機的に組織され、社会に開かれた万人のための大学をめざしている。大方の支援と協力を衷心より切望してやまない。

一九七一年七月

野間省一

講談社文庫 最新刊

泉ゆたか
うぬぼれ犬
〈お江戸けもの医　毛玉堂〉
動物専門の養生所、毛玉堂は今日も大忙し。女けもの医の登場に、夫婦の心にさざ波が立つ。

矢野隆
籠城忍《しのび》
〈小田原の陣〉
籠城戦で、城の内外で激闘を繰り広げる忍者たちの姿を描く、歴史書下ろし新シリーズ！

新美敬子
猫とわたしの東京物語
上京して何者でもなかったあのころ、癒《いや》してくれたのは、都電沿線で出会う猫たちだった。

山本巧次
戦国快盗　嵐丸
〈朝倉家をカモれ〉
張りめぐらされた罠をかいくぐり、天下の名茶器を手に入れるのは誰か。〈文庫書下ろし〉

講談社タイガ
紺野天龍
神薙《かんなぎ》虚無《うろむ》最後の事件
〈名探偵倶楽部の初陣〉
人の数だけ真実はある。紺野天龍による多重解決ミステリの新たな金字塔がついに文庫化！